迷子のオメガはどこですか
～カプセルトイの小さな月～

Aya Yuzuki
弓月あや

CHARADE BUNKO

Illustration

Ciel

CONTENTS

【prologue】

好きな人がいます。

心の奥底で、ずっとずっと大切にしていた幼い恋です。

彼と番《つがい》になりたい。

あの人のことだけを考えて、あの人のために生きて、あの人の子供が欲しい。

だって、ぼくはオメガだから。

オメガと認定されてから、ずっとバカにされたり意地悪をされたり、変な実験をされたりしました。でも、あの人がその苦界から救い出してくれたんです。

嬉《うれ》しかった。心から感謝して、――そして好きになっていました。

彼のことを思うと心が温かくなったり、胸がときめいたりします。でも反対に、どこかから子供の頃に歌った童謡が流れてきました。

迷子の仔猫《こねこ》。おうちがわからない仔猫。
かわいいメロディと、かわいいお歌。でもとても、さみしい曲。
犬のおまわりさん、わんわんわわん、わんわんわわんと鳴くぐらい、悲しいのです。

迷子の迷子の、仔猫ちゃん。
あなたのおうちは、どこですか。

I

夕闇の中、幼い月雪《つきゆき》は、ひっそりと泣いていた。

それは単にベソをかいているというものでなく、老人が流す静かな涙に似ている。しかし月雪は老人どころか、五歳になったばかり。

ふっくらとした薔薇色《ばらいろ》の頬。長い睫《まつげ》に大きな瞳。サクランボみたいな唇。だが、着ている服はストンとした形の、貫頭衣と呼ばれるワンピース。

こんな幼児が母親のつきそいもなく、一人で泣いている異常さ。

「どうした」

とつぜん声をかけられて、ビクッと震えて膝に埋《うず》めた顔を上げる。すると、そこには、美しい金色の瞳をした青年が、自分を見下ろしていた。

彼はすらりと背が高く、とんでもなく脚が長い。

「……だぁれ?」

「誰だと思う」

質問に質問で返されても、わかるはずがない。奇妙な謎かけに月雪が黙り込むと、青年は微笑《ほほえ》んだ。その表情は素っ気なくも見えるが、艶冶《えんや》でもある。

「涙で、可愛《かわい》い顔が台無しだ」

彼はそう言うと、月雪の目元と頬を拭いてくれた。

「ありがとう……」

「別にいい。それより、泣くほど何が悲しい？」

謎かけの次は、問いかけ。月雪はしばらく考え込む。そして。

「ぜんぶ」

あどけない声でそう言い、月雪は黒々としたドロップみたいな瞳で青年を見た。

「全部？」

どこか投げやりな答えに、青年は眉をひそめる。

「全部とは、どういう意味だ」

「おとうさんと、おかあさんはケンカばっかかなの。それでね。つきゆきがキライなの。だからね、ここに、つれてこられたの」

一気に話をしてから、ハーと溜息《ためいき》をつく。

「かなしかった。つきゆきのことキライなの、かなしい。……かなしいの」

そう話をしながらも、大きな瞳にみるみる涙が溢《あふ》れてくる。

「ここに来て、何日目だ」

「なんにち？」

「どれぐらい、起きて寝てをくり返した？」

この問いは幼児にとって難解だったらしく、ん〜と考え込む。そして。

「いっぱい」

「なるほど」

青年は眉を寄せて思案する。それから幼い顔を見つめ、「……連れていくか」と呟《つぶや》く。

そして、しゃがみ込む月雪の膝裏に手を差し入れると、いきなり抱き上げた。

驚きより落ちそうで怖くて、思わず青年の首にしがみつく。

「落としたりしない。大丈夫」

彼はそう言うと、月雪を抱きかかえた反対の手で、器用に窓を開けた。

長身の男に抱き上げられたら誰でも怖いものだ。しかし月雪は目を見開いて、いつもとは違う空を見つめている。

空が近い。

まだ日が落ちていない空に、白い月が見える。空気までが、さっきと違う。

頬に当たる風も、いつもとは異なる光景に瞳を瞬《しばたた》く。

「気に入ったのか」

思わず明るい声が出た。それぐらい刺激的な風景、たった数秒前まで幼い心を悩ませていたことは、一瞬で消え去ったようだった。

「たかい、たかーい！」

きゃっきゃっとはしゃぐ月雪を見て、青年は「よし、決めた」と呟き月雪を見据えた。

月雪が首を傾《かし》げると、彼は迷いのない目でこう言った。

「一緒に行こう、小さなオメガ」

その一言を聞いて、身動きできなくなる。オメガ。そうだ、自分はオメガなんだ。

「いっしょに、いく？　なんで？　あなたは、だぁれ？」

質問責めにすると、彼はほんの少しだけ苦笑らしきものを浮かべる。

「私は、心配性なんだ。このままきみと別れたら、ずっと心配する羽目になる」

「しんぱい、しょう？」

聞き慣れない単語に首を傾げると、彼はやれやれと肩を竦《すく》めた。

「私の名は、宮應天真《みやおうてんま》。アルファだ。私は、きみを救えると思う」

救い。

幼い月雪にとって馴染《なじ》みのない言葉。知らない人。開かれた扉。危険か。それでも。

黙り込んでしまった月雪をどう思ったのか。青年は月雪の頬に軽いキスをした。

それがアルファの宮應天真とオメガの天羽月雪《あもう》との出会いだった。

□□□

月雪がオメガだと判明したのは、五歳の時だ。

蕁麻疹《じんましん》にかかって病院を受診した月雪は、その時の検査でオメガと診断され、認定されてしまった。

それからは身の安全のため、できるだけ家から出ないようにと言われて、閉じこもるように生活した。その間、どんどん世界が変わった。

しばらくは親と一緒に暮らしていたが、オメガということで、嫌がらせをされる。行政に相談しても、埒《らち》が明かない。最終的に両親は、月雪を民間のオメガ保護施設へ預ける、という決断をした。

その施設が、ここだ。

肉親でも特別な許可がなければ、面会も通院も許されない。病気など受診が必要な場合は、医師がこの施設までやってくるシステムになっている。

伝染病患者を隔離する扱いと、ほぼ同じだった。

幼い月雪にはその閉塞感《へいそく》はわからないが、閉じ込められているのは、わかった。

民間企業が運営する、このアイソスピン保護施設は名士や篤志家の支援も厚く、設備も整っている。しかも無償で入所できるが、実際のところ国の認可は下りていなかった。ここに入れるのは幼児から学童まで。年を取ったオメガはいない。要するに、ヒートを迎える前の子供ばかりを集めた施設なのだ。

そして入所した子供たちが行方《ゆくえ》不明になる事件が多発していた。保護者が問い合わせても、子供たちが自分の意思で出ていった、警察には届けてあるし施設でも捜している、とうやむやにされてしまう。

保護者側も、近隣住民からの差別や職場からの迫害に悩んだ末にこの施設を頼った者ばかりだったので、それ以上強く出ることはない——まことしやかにそう囁《ささや》かれていた。

そんな黒い噂《うわさ》の絶えない施設であっても、ここは行き場のないオメガの子供と親の、最後の砦《とりで》ともいうべき場所だった。

裏を返せば、オメガの子を持つゆえの弾圧から逃げるために、親が必要な年齢の子供たちをこの施設に流刑にしたのだ。

なんの罪も犯していないのに。

子供がオメガ認定されたとたん、周囲から冷遇されるのがオメガの家族たちだ。

だから我が子が負担になって、施設に送り込む親は後を絶たなかったし、その子供が行方不明になっても、追及しないことが多かった。

むしろ厄介なオメガの子供が消えて清々する親の、なんと多いことか。

月雪の親も、煩わしい子を施設に送り込む親だった。

捨てられた子供の気持ちなど、考えたことなどないのだろう。

(おうちに、かえりたい)

ベッドに寝っ転がり、真っ白な天井を見つめながら月雪は呟いた。

パパとママの、言い争いが絶えない家。

いつもケンカばかり。それでも、ママと入るお風呂の匂いが好きだった。ベランダから見える木漏れ日。遊びに来てくれる、猫の親子が大好きだったのだ。

ぜんぶ幼い月雪にとって、大切なものだったのに。

この施設に連れてこられて、幸福は消えた。もう、二度と戻ることはないのだ。

五歳の子供にとって、知らなくていい絶望の日々が始まった。家に帰りたくて、毎日をぼんやりして過ごした。

(もう、ここから、でられないのかなぁ……)

嘆きは、月雪から子供らしい反応を奪っていった。

そんなある日、いつも静かな施設の中がざわついている。

月雪は首を傾げながら、そっとドアノブを回すと、すんなり開いてしまった。

「え、えええ……っ?」

この施設に収容されて、何日も経《た》った。扉の鍵が開いていたことはない。不思議だったが、そういえば先ほど掃除の人が、部屋を出入りしていた。

（おそうじのオバさん、カギあけっぱなし）

胸の鼓動が弾《はじ》けそうになった。

ここから逃げられるのだと思った瞬間、頭がクラクラする。

（にげちゃおう）

消毒薬の匂いが纏《まと》わりつく、白い部屋。冷たい食事。冷ややかなベッド。もう、ここにはいたくない。もう逃げたい。

頭の中は、ただひたすら逃亡のことしか考えていなかった。

オズオズと部屋から出て、廊下を歩く。長い渡り廊下には誰もいない。

どちらに向かって歩けば、家にたどり着けるのか。ここに来るまで長い時間、車に乗せられていた。右か左か前か後ろか。

どの方向に歩けば、家に帰れるのだろう。

廊下の突き当たりは扉になっていて、ノブを回しても今度は開かなかった。とたんに、ガッカリな気持ちが胸の中に広がっていく。

立っていることさえ怖い。

渡り廊下は天井から壁にかけてがガラス窓。月雪はその窓に寄って、外を見ようとする。

だけど窓が高い位置にありすぎて、何も目に入らない。

しばらくもがいていると、瞳から涙が零《こぼ》れた。

「……っ」

悲しい。

なぜ、こんな思いをしなくてはならないのか。

オメガだから、こんなところに押し込められた。バイキンみたいな扱いを受けた。それはオメガだったから。だから、全《すべ》ての自由が奪われたのだ。

ブツブツができる病気になったから、病院に連れていかれオメガって言われた。あの時から何もかもが、ぜんぶ変わってしまった。

「ふぅ……」

月雪の小さな唇から零れたのは、五歳児らしからぬ溜息だ。

――どうして、ぼくオメガなの？

どうしようもない不条理は、悔しい気持ちを煽《あお》るばかり。五歳の子供でも大人でも、それは変わらない。

オメガなんかに生まれたから、家にも帰れない。猫の親子にも会えない。何もできない。これから、ずっとそう。

涙があふれ、するりと頰をすべり落ちる。

誰も見ていないけれど、思わずしゃがみ込み、両膝に顔を埋めた。こうすれば、涙は誰にも見られない。誰も見ないけれど。……見ないけれど。

大人たちは、ここがオメガ収容所だと言った。でも、幼い月雪には、オメガの意味も、収容所の意味もわからない。

ただ、自分が悪いものになったと感じるばかりだ。

だから父親は酒に酔い怒鳴り散らし、母親は深い溜息をつき続ける。

自分がいるから。自分がオメガだから。

「う……っ、う、うう、うぇ……っ」

しばらく膝に顔を沈めて、涙を流した。その時。

「どうした」

とつぜん聞こえた声に思わず顔を上げると、目の前には見たこともない美しい青年が、月雪の目の前に立っていたのだ。

□□□

「知らない男に話しかけられて驚いたか、すまない。私は先ほども言った通り、宮應天真だ。きみの名前を聞いていなかったね」

見知らぬ青年に、びっくりの連続だ。だけど、ちゃんとしようと思った。頬を濡らす涙を袖口で拭い、顔を上げる。

「あ、あ、あもう、つきゆき、五さい、ですっ」

「五歳か。園児だな。私は大学生だ」

「だいがくせい……？　えんじ？」

大学生って、なんだろう。小学生より上だろうか。

月雪は幼稚園にも、保育園にも行っていない。でも、小学校はわかる。大学生は、その上の学校だろうか。いや、何か違うような気がすると首を傾げた。

小さな頭を悩ませるが、自分に縁がないことなので理解不能だと諦めた。

天真と名乗った青年は施設の職員と何かを話した後、そのまま建物の外へと出た。あまりにあっけなく外の土を踏めて、呆然《ぼうぜん》としてしまう。

門のところに停《と》めてあった大きなシルバーの車は、月雪が見たこともないぐらい大きい。運転手がすでに後部座席のドアを開けて、天真を待ち構えていた。

「お疲れ様でございました」

「佐伯《さえき》、おじいさまはまだ、中で手続きされている。携帯もお持ちでないし、もう少し待っていてくれ。この子にお茶と、何か軽食を頼む」

「かしこまりました」

佐伯と呼ばれた男性が開けてくれたドアから乗り込むと、後部座席はシートが向かい合わせになっていた。高級車を見たのは初めてだと月雪は目をぱちぱちさせる。

ふかふかの毛皮が敷かれたシートに座ると、すぐに熱い紅茶と、クッキーが運ばれた。

「おじいさまがお戻りになるまで、まだ時間がかかる。ゆっくりしよう」

「は、は、はいっ」

勧められるまま紅茶のカップに唇を近づけると、ふわぁっといい香りがした。はちみつと、バニラの甘い匂い。とてもいい香りのお茶と、サクサクの甘いクッキー。

芳香《ほうこう》を堪能《たんのう》しようと、思わず大きく深呼吸する。一口飲むと、口の中にミルクの優しい味と甘さが広がる。

「おいしーい……」

「気に入ったか。このお茶はハニーバニラ。きみに合わせて、佐伯が選んだ」

「すっごく、いいにおい。あじも、すっごく、おいしい、ですっ」

本気の賞賛が出た。

半《なか》ば強制的に施設に連れてこられて過ごすあいだ、ずっと食欲は減退して、まともなものは口にできていなかった。胃が空っぽの状態だったと言っていい。

そんな時に甘い香りのお茶は、胃だけでなく身体《からだ》の細胞に染みわたるようだ。

「佐伯、彼がお茶を気に入ってくれた。もう一杯、作ってくれないか」

『かしこまりました』

後部座席と運転席は、ガラスで仕切られている。佐伯はマイクで話をしていた。

こんな車、初めて見たけど、乗るのも、もちろん初めてだ。

初めてのことばかりで、ビックリの連続だ。月雪が小さくなっていると、佐伯が後部ドアを開いて中に入り、「失礼いたします」と言ってまた新しいお茶を入れてくれる。車内に、ふわんと香りが満ちる。

優しい湯気と香りが満ちて、先ほどまでの不安が、嘘《うそ》のように消えてなくなった。

お茶って、すごい。

まだ五歳の月雪はお茶の効力を、意識したわけじゃない。でも、言葉にはしがたい力を感じた。人の心を和ませる、おいしくて温かい飲み物。

(ふわぁー。おーいしぃぃー……)

心から幸福な気持ちで、ほわぁっとしていると、天真の声が耳に届いた。

「おじいさまがお戻りだ」

ハッとして瞳を瞬かせるとのと同時に、ドアが開かれる。いつの間にか車外に出た佐伯が、ドアを開けたのだ。

「お疲れ様でございます」

先ほどと同じ佐伯の言葉。それに続いて、老軀《ろうく》でありながら伸びた姿勢と、鋭い眼光の老人が車に乗り込んでくる。

とたんに月雪が、ピッと固まった。

老人はそんな様子をジロリと一瞥《いちべつ》し、重々しく口を開く。

「この子供か。お前が引き取りたいというのは」

「はい」

天真の声が、鋭くなる。月雪はふたたび、ピッと固まった。

（な、なんか、こわい）

恐々と成り行きを見守っていたが、老人は容赦ない。

「引き取りの書類が多くて、面倒だった。お前、名前は」

いきなり矛先《ほこさき》が向いて泣きたくなった。だが、天真は何も言わない。自分で対応しなくてはならないと、幼い頭で理解する。

「あ、あもう、つきゆき、五さい、です」

「変な名前だな。天羽月雪。今時の親がつける名前は、おかしなものばかりだ」

「おじいさまおかしな名前とおっしゃいますが、我が家には、茉莉花《まつりか》が」

「む」

小さな子供には、何を言っているかわからない。

「月雪、こちらは私のおじいさま。名前は、宮應壮一《そういち》。きみも私と同じように、おじいさ

「それでいい。おじいさまは文化庁でのお仕事を続けられたあと、退官し福祉活動をされている。とても立派な方だ。先ほどのオメガ保護施設にも、多額の寄付をなさっている」

「きふ」

「そう。この施設も、おじいさまのような方が責任者になればいいのに。そうすればオメガが伸び伸びと暮らせる、楽園になるんだ」

幼い月雪には、何を言われているのかわからない。しかし、天真は真剣だ。

「そもそもオメガ施設は、迫害を受けている子供たちを保護するために、建てられたはずなのに。だが実態は、営利に走る温床だという噂が絶えない」

声は静かだが、怒りが滲《にじ》み出ている。月雪は少し怖いと思った。

「この子の両親もオメガの親というレッテルで、真っ当な仕事から追いやられたらしい。オメガ保護法ができて、ずいぶん経つ。だが差別は、未《いま》だに収まらない」

壮一は苦々し気に言うと、佐伯が出した紅茶を一口飲む。

「しかし天真。お前がいきなり、この子を引き取りたいと言い出すから、おれは事務局でいろいろ手間取ったぞ」

「すみません、考えなく行動をしてしまいました」

「アルファが幼い花嫁を漁《あさ》りに来たと変に勘繰られそうで、ヒヤヒヤした。この子を引き取りたいなら、弁護士を立てて養子縁組の手続きを取ればいいのに」

「すみません。でも、この子を施設に置いていくのは嫌だったんです」

「なぜだ。今日、初めて会ったオメガだろう」

「ええ、まぁ。でも」

ちらりと月雪に視線を向けて、静かな声でこう言った。

「こんな小さな子が声を殺して泣いているのは、耐えがたかったからです」

「────ふん」

それきり二人は黙ってしまった。

月雪はなんとなく居場所がなくて、窓へと目を向ける。やっぱり座高が足りなくて、景色は容易に見られない。

んー、んー、と背伸びをしていると、背後から脇の下を支えられた。

「危ない。外が見たいなら言いなさい。支えてやるから」

天真ががっしりと手助けしてくれるだけで、とてつもなく安心感が湧き起こった。

「あ、ありがと……」

「無茶をするな」

不愛想に言うその姿が、すごくカッコいいと月雪は思った。

だが、カッコいいと思う自分が、なんだか恥ずかしくなってしまった。そこで、またしても車窓に目を向ける。ただし今度は、見ているフリだ。

車は施設を遠く離れ、街中を走っていた。月雪が生まれ育ったのは都内だが、郊外の住宅街。こんなふうに、ビルが林立する華やいだところではなかった。

車道の周りには大きなビルが立ち並び、交通量も人の流れも多い。こんな賑《にぎ》やかなところを目にするのは、初めてだ。

「ひと、いっぱいね……」

ビル街でありながら、行き交う人々。誰もが忙しそうだが、でも楽しそうにも見える。カフェや商業施設に群がるのは、月雪とはまったく無縁の人間たちだ。

その中で目に留まったのは、小さな機械だ。丸いプラスチックのカプセルが、いくつも収納されたアレは、いったいなんだろう。

「……あれ、なぁに?」

信号で停車した車の中で、小さな指で示した。天真が「どれ?」と一緒に車窓を覗《のぞ》き込み、すぐに答えをくれる。

「あれはカプセルトイといって、丸いボールの中に景品が入った自動販売機だ。金を入れると、ボールが出る。通称ガチャだ」

景品が入った丸いボール。カプセルトイ。よくわからないけど、面白そう。

見たこともないガチャは、月雪の想像力を煽る。

(ガチャ。がちゃがちゃ。オモチャいっぱい。おもしろそう。いいな、いいな)

子供なら、アレやりたいと騒ぐところだ。だけど月雪は普通よりも、かなり下の生活レベルで育っている。玩具を見たからといって、おいそれとはねだれなかった。だが。

「佐伯」

ふいに天真が運転席に話しかける。

「悪いが今の交差点前に戻って、車を停めてくれないか」

天真はそう言うと路肩に停車させる。壮一が眉を寄せるのもお構いなしだ。

「なにごとだ、天真」

「少しだけ時間をください。月雪、おいで」

彼はそう言うとさっさとドアを開き、月雪の手を引っ張って車外に降りる。

車の中では聞こえなかった人のざわめき、車のクラクションと、空気の流れ。それらが洪水のように、いっぺんに耳に届いた。

「わ、……わぁ……っ」

雑音と人間たちが、頭の中に流れ込んでくるみたいだった。そんな月雪の背を、天真はそっと押してくる。

「おじいさまを、あまりお待たせできない。とりあえず急いでガチャをしよう」

わけもわからず目を白黒させている月雪の手を引っ張って、天真は大きなビルの前へ行った。そこは一階から店舗になっていて、店の前にガチャが設置されている。

「ぬいぐるみ、食玩、なんでもいい。ミニチュア家具が入ったものもあるし、驚いたな、AEDのガチャまである。さぁ、どれがする？」

「ど、どれ？　どれって？」

たくさんあるガチャの、どれを選んでいいか。初めて見たので選べない。天真はその様子を見て、「じゃあ、手始めに」と言った。

彼はコインを取り出すと、チャリンチャリンと中に入れていく。

「さあ、トライして」

雰囲気に押されて、バーに触れる。だが慣れていないせいと、幼児の月雪は力が弱いせいで、うまく回せない。

すると天真の大きな手が、月雪の小さな手を包み込むようにして、グッとバーを動かしてくれた。ゴトンと音がして、カプセルが転がり出る。

呆然と見守っていると、天真はそれを取り出し、手渡した。

「これがガチャの景品」

渡されたカプセルの中には、お月さまをかかえた格好の、ピンクのウサギのキーホルダーが入っている。ものすごく可愛い。

「うわぁー……」

月雪は目を輝かせ、それを受け取った。何もかもが、初めてのことばかりだ。

そして生まれて初めて経験したガチャ。初めての玩具。がちゃがちゃ。

賑やかな音楽、楽しそうな笑い声が聞こえる。みんなはガチャに夢中で、誰も月雪なんかに目もくれない。

でも、自分の隣には天真がいてくれる。ずっと見守っていてくれる。

いつも検査だとかテストだとか、入れ代わり立ち代わり大人が来ていた施設。

彼らは目的を果たすと、無言で部屋を去っていく。うるさいくらいテストをくり返すけれど、自分に関心などなかった毎日。

(オメガの子供なんて、しょせんは実験動物だろ)

白い服を着た男が言った、見下すような言葉。傍にいた同じ白い服の男も嘲《あざけ》る。

(迫害されているオメガの保護とか、もっともらしいお題目を唱えているけど、要するに金持ちアルファに、育ちのいいオメガをあてがうブリーダー施設だよ。金がある奴の、考えそうなことだ。雑種でない赤ん坊が欲しいんだろうな)

(だから年を取ったり病気で子供が望めないオメガは、入所お断りだ。本当に保護すべきはコッチなのに、金儲け第一だよ)

そう言って「かわいそうに」と笑う。すごく嫌な顔で笑う。月雪には彼らが何を言って

いるか、わからない。けれど、ものすごく嫌な気持ちになった。

でも、今は違う。

ここでは誰もが好き勝手なことをして、誰もが月雪に干渉しない。真逆だ。

これは、なんだろう。

幼い月雪の語彙《ごい》になかった。でもこれは言うなれば、自由。

自由だ。

誰にも縛られない。オメガでもいい。ただの子供でいていい。

天羽月雪でいればいいという、フリーダム。

「もっとするか？」

天真の声で、ハッとする。彼は月雪の答えも聞かず、無造作にコインを入れた。

チャリン、チャリン。がちゃがちゃ、ゴットン。

落ちてきたのは、自由の象徴。それと同じで、自分は何ものにも囚《とら》われない。

「もっと」

きらきら目を輝かせて、生まれて初めて他人へのワガママを言った。天真は怒るでも呆《あき》れるでもなく、ちゃんと言いなさいと促《うなが》す。

「もっと？　もっとなんだ」

「もっとほしい。ほしいの」

天真は少し苦笑を浮かべたような顔で、続けてコインを入れてくれる。そして、またガチャガチャ。音を立てて他愛ない玩具が転がり出た。

もっと欲しい。もっともっと、もっともっと。

解放される象徴。自分が自分でいられると象《かたど》った証《あかし》。証。

「やったぁー……っ」

両手を上げて、か細いながらも歓声らしき声が上がった。子供らしい、あどけない笑い声。どこにでもいる、はしゃぐ幼児。

それは月雪が手に入れた自由と希望。

オメガという束縛から解き放たれた初めての、解放の瞬間だった。

□□□

「これね、これね、おみやげ。おみやげなの！　ハイ、おじいちゃま！　ハイ、うんてんしゅさん！　月雪の、おみやげ！」

車に戻ると、嬉々《きき》として両手いっぱいに持ったガチャの景品を、壮一と運転手に手渡した。心境としては『えっへん』といったところだ。

その頬は興奮のために紅潮し、先ほどまでの青白い顔とは別人だ。

大人たちは最初、月雪の勢いに押されたが、すぐに苦笑して、玩具を受け取った。

「ありがとうございます、月雪さま」

運転手の礼に、月雪は得意げな顔をしてみせる。誰かにプレゼントしたことも、されたこともない。そして感謝されたこともないから、初めての『ありがとう』だ。

この成り行きに壮一は眉をひそめていたが、エホンと咳払《せきばら》いをしてから、聞き取れないぐらいの小声で「ありがとう」と言った。

その様子を天真はドアに凭《もた》れ、頬杖をついた格好で見ていた
「月雪。ありがとうと言われたら、こう返すんだ。『どういたしまして』って」

キョトンとした月雪だったが、すぐにくり返そうとする。

「ど？　どうし？　どしらど？」

「違う。どう、いたし、まして。言ってごらん」

そう言われて、もう一度どどどと、どの連発をくり返す。車内は全員が固唾《かたず》を飲んで見守っていた。

しかして幼児の口から出た言葉は。気持ち的には「がんばって、月雪ちゃん！」だ。

「どしまた、まして」

一瞬の沈黙のあと、爆笑が起こった。

しかめっ面の壮一も、職業柄、感情を出さないようにしている運転手も、そして無表情

を通り越し、強面《こわもて》でさえある天真さえも。

たどたどしい幼い声があまりに可愛くて、みんなが笑う。自分が笑われていると悟った月雪は、真っ赤になって言い直した。

「ど、どしまして！　どしまいしまして！」

これぞ泥沼。しかし全員が笑える、可愛い沼だった。

「もう、しらないー」

とうとうベソをかき始めた姿を見て、ピタッと笑いが収まる。ぷぅっと膨《ふく》れた月雪だったが、それでも天真にハイと何かを渡す。

「なんだ？」

「てんまのガチャ」

驚きの表情を浮かべて、小さな玩具を見る。可愛いピンクのウサギのキーホルダーだ。先ほど最初に獲得して、目を輝かせていたウサギ。

天真の大きな手には小さな、だけど月雪には世界にも等しい玩具だった。

「私はいいよ。せっかくの初ガチャだ。きみが取っておきなさい」

「ううン。ぼく、いいの。これ、てんまの。てんまのだもん」

そう言うと、月雪はもう何も言わない。天真は幼児と、手の中の玩具を見くらべる。

ウサギは何も知らぬといった顔で、愛らしく笑っていた。

2

「お帰りなさいませ。大旦那さま、天真さま」

大きな屋敷の前に車が停まると、すでに玄関の前に立っていた女性が頭を下げる。

老年に差しかかっているだろう彼女は、白髪交じりの髪をキチンと結い上げている。襟の詰まったブラウスに、ふくらはぎ丈のスカート。

「ただいま。節《せつ》、この子は月雪。今日から、うちの子になったから」

天真が言うと、節と呼ばれた女性は、さすがに瞠目《どうもく》する。天真の前に立っていた壮一は、困ったように言い訳を口走った。

「いや、違う。拾ったのは、天真だ」

「まぁ、天真さまが？」

「そう。いきなり引き取りたいと言い出したんだ。おれは面倒に巻き込まれただけだぞ」

彼女はなぜか必死に言いつくろう壮一を一瞥したあと、月雪を見て視線を合わせるため、床に膝をつく。

「はじめまして。お名前は？」

瘦軀《そうく》で目つきも鋭い彼女だったが、声は優しい。月雪はちょっとドキドキしながらも、

「あもう、つきゆき」と名乗った。すると節は頷《うなず》いた。

「節と申します。お見知りおきください。月雪さま、まずお風呂に入りましょうか」

いきなり風呂と言われて恥ずかしくなり、思わず両手で髪を押さえてしまった。この一週間、入浴していなかった。理由は、風呂に入っている間も監視されていたからだ。

「あの、えぇと」

「よろしいのですよ。でも、お風呂でサッパリしたら、お茶をご用意いたします。わたくしがお世話を」

その言葉をさらうように、途中から割り込んできたのは天真だ。

「風呂なら、私が入れるよ」

その言葉に節は冷静に「天真さま、子供を入浴させたご経験はおありで？」と問う。

「人間の子供を洗ったことはないが、仔犬と仔猫はある」

「人間の子供は、犬や猫とは違います。やはり、ここはわたくしが」

「大丈夫、心配ない」

月雪は大きな目をパチパチさせ、さっきも聞いた『しんぱいしょう』について考えるが、急に怖くなって、すぐ隣に立つ天真の後ろに隠れてしまった。

「あらあら。大変な懐き方ですね」

そう言う彼女に、天真はいいやと言った。

「これはヒナの刷り込みと一緒だ」

「ヒナ？　なんのことでございましょう」

「卵から孵化《ふか》したばかりのヒナは、初めて見たものを親だと思い込むらしい。かえったばかりの時に動くホウキを見せたら、親と勘違いしてついていった例もあると雑誌で読んだ。この子も、まさにその状態だろう」

「まぁ。そんな実験をしたら、そのヒナたちが可哀想《かわいそう》ですわね」

「お待ちなさい」

会話を断ち切ったのは、大階段から下りてくる女性だった。

整った顔立ちに、長く伸ばした巻き髪。若々しい美貌で、とてつもなく色っぽい。

「お父さま、天真、おかえりなさい。その子は、どなた？」

「茉莉花、いいから部屋に入っていなさい」

壮一が面倒そうに手を振ったが、女性はまったく目に入っていないように、月雪にまっしぐらだった。

「あなた、お名前は？」

「つ、つきゆき。あもう、つきゆき、五さい、ですっ」

何度目になるかわからない自己紹介をしてみせると、茉莉花と名乗る女性は絶え入らんばかり表情を浮かべた。

「可愛い……っ」

絞り出された声に、ビクッと月雪が震えた。だが彼女は止まらない。

「なんて愛らしいのかしら。薔薇色の頬と唇、ジュモーの人形みたいな大きな瞳。手足のバランスも極まっているのね。それに名前が月雪。天羽月雪。すばらしいわ」

彼女の声は静かであったが、言い知れぬ迫力を帯びていた。その威圧感に押されて、月雪は天真の太腿《ふともも》にしがみつく。彼はそんな月雪の髪をポンポンしてくれた。思わずホッと息をつく。

「お母さん、落ち着いてください」

天真の一言を聞いて、月雪の目がパチパチする。

お母さん？

髪の毛を綺麗《きれい》に巻いて、ちゃんとお化粧して、家の中でも高いヒールの靴を履き、袖《そで》にレースがあしらわれた服を着ている人が、お母さん。

月雪の母はテキスタイルデザイナーだったが、子供がオメガだったせいで、退職に追い込まれた。いくつかアルバイトのかけもちをして、どんどん地味になった。

いつも髪を一つに結び、地味な服。そして疲れた顔で、溜息ばかりついていた。

こんなに華やかな女性が、天真のような大きな人のお母さん。

信じられなくて呆然としていたら、当の茉莉花が不思議そうな顔で月雪を見た。

「どうした？　そんな顔をして」

「あ、あの。こんなキレイなひとが、てんまのママって、ビックリしちゃった、の」

茉莉花はその一言を聞くと、唇の端を持ち上げる。笑ったようだ。

「天真。今の月雪ちゃんの言葉、あなたに聞こえたかしら」

「聞こえました」

「わたくしを美しいと言ったわ。天上の美貌だと。女神の美だと」

「そんな混み入った美辞麗句はありませんでしたが。お母さんはお美しいです」

彼女は満足そうに何度も頷いた。茉莉花を見ていると、なんだかほがらかな気持ちになる。思わず月雪も笑った。

頭を過《よぎ》るのは、自分の母親だ。

母は、いつも昏《くら》い顔をして、溜息ばかりついていた。髪も一つに結んでいたが、おくれ毛がバラバラ出ていて、疲れが滲み出ていた。

そして、いつも父親と言い争っていた。理由は、月雪のせいみたいだった。

はっきりと言われたわけじゃない。でも、いつも冷めた目で月雪を睨《にら》んでいた。

（この子が、オメガでなければ）

思い出したくない、けれど恋しい母親のことを思い出したその瞬間。扉がいきなり開き、毛玉が雪崩《なだ》れ込んでくる。

「えええええ？」

ドドドドと出てきたのは、大量の犬、猫だ。

彼らは喜色満面で天真と傍《そば》にいた壮一、そして月雪の脚にしがみつき、ブンブン尻尾《しっぽ》を振りまくる。犬も猫もお構いなしだ。

「あらあら。みんな外に出てきちゃったの？」

茉莉花の呑気《のんき》な声のあと、メイド服を着た女性が走ってくる。

「申し訳ございません。奥様のお声がしたとたん、リルが扉を開けてしまって」

「リルって？」

「この子よ。わたくし自慢のシャノワール《黒猫》」

茉莉花が抱き上げたのは大きな瞳がぴかぴか光る、きれいな猫だ。

「かわいい……！」

リルは可愛いという言葉に反応はしないが、ちょっとだけ尻尾が動いた。自分が可愛いことを、猫はみんな知っているのだ。

「アラ。月雪ちゃんだって、すごく可愛わ。こんな子が、うちに来てくれるの？　最高ね。さぁ、さっそくお洋服と靴とバッグを揃《そろ》えなくちゃ」

「お母さん、必要なのは家の中で着る、動きやすい服です。あとパジャマがあれば」

「嫌だわ。夢がないわね。父親そっくり」

「うむ。まぁ、月雪も可愛いな」

今まで素っ気なかった壮一が、とつぜん手の平を返す発言をする。キョトンとする月雪に、茉莉花は笑った。

「お父さまはね、ちっちゃい子やフワフワもふもふに目がないの。でも、外では強面で通しているから、苦虫を嚙《か》み潰《つぶ》した顔を崩さないけれどね」

「茉莉花、やめなさい」

「怒られちゃったけれど、この家にいる限り、なんの心配ないのよ」

改めて壮一を見ると、また眉間に皺《しわ》を寄せている。しかしその手は、駆け寄ってきた犬や猫を撫《な》でくりまわしていた。

「あの……」

「ここにいるのは、保健所で処分されるはずだった犬と猫。それに、拾ってきた仔たちね。みんなそう。月雪ちゃんも、うちの子になりましょう」

天真を見ると、頷いていた。壮一も、やりきれないと溜息をつく。

「まったく。親にどんな事情があるか、多少はわかっている。だが、こんな幼い子を最後まで守れないとは情けない」

車の中での態度とは、ぜんぜん違う言葉に戸惑った。さっきまでは、厄介者を拾ってきて迷惑といった顔をしていたのに。

びっくり顔で見ている月雪に気づいて、壮一はばつが悪そうな顔をしてみせる。

「先ほどは、すまなかったな。私は子供や動物好きなんだが、外でそんな顔を見せると威厳がないので隠しているんだ」

「いげん？」

「偉そうなお爺《じい》ちゃんヅラってこと」

まぜっかえす茉莉花に、壮一は咳払いで誤魔化した。

「まったく。天使みたいに可愛らしい月雪を放り出すなんて、保護者としてなっとらん。こんなに痩《や》せてしまって、かわいそうに」

最後の言葉に、月雪は唇が冷たくなるのを感じた。

『かわいそう』

これは施設で言われたのと、同じ言葉。

なぜだか胸がどきどきした。

白衣のおじさんが言っていた意味とは、ぜんぜん違う。壮一は眉をひそめているが、目が優しい。意地悪で言われたのではないと、月雪もわかっている。

でも、心の奥に刺さった棘《とげ》は深すぎて、ちくちく痛む。

壮一の何気ない言葉に月雪が戸惑っていると、天真は「いえ」と言った。

「確かにオメガの養育を放棄し、施設に預けたのは悲劇です。子供は親の元で育つべきだ。でも、それで月雪がかわいそうとは思いません」

凜《りん》とした声で言われて、月雪は目を大きく瞬いた。すると茉莉花が頭を撫でてくる。

「何があったか知らないけど、天真が連れて帰るってことは、忌々《ゆゆ》しき問題があって、見逃せなかったのでしょう。月雪ちゃん、あなたは、かわいそうじゃない。あなたは、あなたの意思で、ここにいていいのよ」

ここにいていい。

嘆く両親の元にも、あの施設にも帰らなくていい。たくさんの犬猫がいる、この家にいていいのだ。孤独な動物たちと一緒に。

天真の傍にいていい。そのことは、月雪にとてつもない喜びをもたらした。

「やったぁ……」

小さい歓声は、先ほどガチャを手に入れた時と同じ。頼りなく細かった。だが、心からの喜びに満ちている。天真はそれを聞き届けていた。

潤んだ瞳で彼を見つめると、その視線に気づいた天真は、月雪の額にキスをした。

「どおして、おでこチュウするの？」

小さな手で自分の額に触れると、彼は口元だけで微笑んだ。

「勝利のキスだよ。……いや。勝利の、おでこチュウか」

優しい瞳で言われ、意味はわからなかったけれど月雪は赤くなり、すぐ笑った。

自分は古いしがらみから抜け出せた。施設の白い建物から。白衣に身を包んだ悪意に満ちた大人たちから。そして、月雪から逃れたがっていた両親と、決別した。

自由だ。

「やったぁ――……っ」

零れ落ちたのは正真正銘、歓喜の声だった。

□□□

宮應家に引き取られてから、あっという間に年月が過ぎた。

あれから十二年。月雪は十七歳。年齢的には高校生だが、ほぼ不登校に近かった。通っている学校では、あからさまなオメガへの差別はない。だが、月雪は無視されていた。

一人二人ではなくクラス全員が、月雪を受け入れてはいなかった。

(まぁ、そういうことってあるよね)

苛《いじ》めと言っても、靴箱に汚物が詰め込まれるような、そんな露骨なものではない。ただ、話しかけても無視されたり、回ってくるはずの連絡事項が、自分だけスルーされたりするのだ。高校生にもなって、大人げないと思う。

(発情期があるオメガが、気持ち悪いっていうのはわかる。でも、だからって無視するとか幼稚だ。なんか……面倒くさいなぁ)

妙に達観しながらも、人づき合いが苦手な月雪は、自分はダメな人間だと思う。それはオメガだということもあるけれど、自分自身がきっとダメなのだ。それに、異質なものは嫌われる。拒否反応が出るのは当然だと思っていた。

「別に学校なんか、行かなくてもいいんじゃなーい?」

オメガだということについて悩む月雪に、宮應家の人々は呑気だった。特に茉莉花は勉強が大嫌いだから、学校にも人間関係にも興味はなかったというのだ。

「茉莉花さん、そんな簡単なものじゃないです」

「わたくし中卒よ。でも問題なんか、何もないわ」

「え? 茉莉花さん、ガチガチのお嬢さま校の出身だと思っていました」

「幼稚舎から一貫の、面倒な学校だったわ。でも中等部でモデルにスカウトされて、学校行かなくなっちゃったの。だから学歴は中卒」

江戸時代に公家だった宮應家は、明治二年に伯爵となり華族に名を連ねる。茉莉花は世が世なら姫君と呼ばれ、月雪など傍に寄ることも許されない、生粋の令嬢なのだ。

「お嬢さま……」

「今どき、そんな肩書は流行らないわよ。それに五十路のお嬢さまなんて、恐ろしいわ」

茉莉花は嫌そうに眉をひそめる。血筋だけではなく、社交的な性格とこの美貌。確かに、学歴など問題ないだろう。

「学校に行かなくても大丈夫って証明でしょう?」

「確かに全員が茉莉花さんみたいなら、誰も困らないのに」

「困らないでしょうけど、面倒だと思うわ。天真を見てごらんなさい。わたくしと話す時、いっつも眉間に皺が寄った顔をしているじゃない。父親そっくり」

彼女の視線の先には、犬のマルのブラッシングをしている、天真の姿があった。

月雪の成長と共に、天真も成長した。もともと長身で大人っぽかったけれど、そのまま筋肉質な身体へと鍛えていた。

髪も短くカットしたおかげで、輪郭の美しさが際立つ。理知的な横顔は、見慣れている月雪でさえ、見惚《みと》れてしまうことがある。

(天真って、かっこいいなぁ)

整った美貌と肉厚な唇が、絶妙に素敵だと思う。モデル体型をしているから、何を着ても映えるのに、いつもシンプルなシャツとズボン姿だ。

そんな飾り気のない彼に、月雪は憧れていた。

「やだわ、あの子ったらマルにベッタリ」

「マルは天真が拾ってきたから、ラブラブなんだね」

「だからよ。いい年して番もいないし、休日には犬猫とベタベタ。お父さまと一緒にオメガの保護に勤《いそ》しむのはすばらしいけど、あの子の未来が心配だわ。天真の父親は、もっと早い年齢で、わたくしと夫婦になっていたわよ」

「そういうものなのかぁ」

そういえば、改めて茉莉花の夫であり、アルファである天真の父親の話を、聞いたことがなかった。だが、今日の茉莉花は話したいようだ。

「夫はアルファだけど、そそっかしくて。だから交通事故に遭遇しちゃったのね」

悲しい亡くなり方をした夫の思い出を語る茉莉花は、どこか懐かしそうだった。

早世した天真の父は優秀なアルファで、研究者として学界では名を馳《は》せていたらしい。しかも見事な美貌の持ち主で、金色の瞳を持っていた。

「わたくしが彼を伴侶に選んだのは、別に見目形《みめかたち》じゃないし、アルファかどうかも、別に問題ではないわ。一番のポイントは」

茉莉花がそう言いながら、膝の上でゴロゴロいっているリルの頭を撫でた。

「捨て猫を拾っちゃあ、飼い主を探しに奔走《ほんそう》する、その姿に一目惚《ぼ》れ」

「はー……」

それは天真と大差がないのでは。月雪はそう思ったが、口には出さない。茉莉花の思い出に、水を差すこともないからだ。

だが照れることなく、堂々と惚れたと言ってのけるところは羨ましい。

そして茉莉花の美しい首筋に、噛み痕はなかった。つまり天真の父は、噛む儀式をしていなかったのだ。

アルファ同士は、伴侶と言ったほうが正しいらしい。それに番の誓いを立てなくても、愛し合い子を授かった茉莉花が、羨ましいと思った。

月雪だって遠くない未来、ヒートを迎える。その時、誰を番に選ぶのか。

(でも、ぼくは天真がいるし)

彼がいるといっても、別に番の誓いを交わしたわけじゃない。特に根拠のない自信だと自覚はある。でも。

(天真は、ぼくを助け出してくれたもの)

あの施設から連れ出してくれた人。幼い頃から彼がずっと傍にいた。

自分の番は、天真しかいない。

アイソスピン保護施設から、この家に来た初めての夜。眠ることができなかった。言い知れぬ心もとなさが頭を占めていて、漠然と不安だったからだ。

だけど真夜中になると、天真が月雪の寝室に来てくれたのには、びっくりした。

ポカンとする月雪に、彼は、リルを連れてきてくれたのだ。猫は不満そうな顔をしながらも、もそもそベッドに入ってきた。

『こいつがいると、よく眠れるんだ』

そう言ってくれた。月雪が、みんなで寝たいと言うと彼は、添い寝してくれた。

あの温《ぬく》もりは忘れられない。猫と、天真の体温。誰かがいてくれる安心感。冷えていた足は、すぐに温まって、不安なんて吹き飛んだ。

(ぼくの初恋だもんなぁ)

ほかのアルファと番《つが》うなんて、考えられない。

ずっと彼のことを思って成長してきたのだ。

(天真は不愛想。だけど心が優しくて思いやりがある人。彼がいてくれたから、あの施設から抜け出せた。天真がいなければ、今もまだ施設にいただろう)

『一緒に行こう、小さなオメガ』

今でも覚えている。あの時の空の高さ。閉め切られた回廊でした、風の匂い。

あの日の思い出。一生の記憶。これからもずっと。

(天真が早く、ぼくを番として迎えてくれますように)

ヒートを迎えるのは、二十歳前後と言われている。まだ時間があるにせよ、早く彼と、番の約束を結びたい。

不安定な幼少期を送ったせいか、確証となる何かが欲しいと思っていた。

「二人で、何を話しているんだ」

マルのブラッシングを終えた天真が顔を上げて、こちらを見ている。月雪は慌てて両手を振った。顔が赤くなっているのが、自分でもわかる。

「う、ううん。毛並み、すごくよくなったね」

「ほーんと。誰かさんは休日だっていうのに、マルにベタベタだもの」

そう言うと天真は憮然《ぶぜん》とした表情のままだ。

「まだ仔犬だし、人懐っこいから里親の募集も続けている。まだ我が家の犬になると、決まったわけじゃない」

その答えを聞いて、月雪は驚きを覚えた。

「こんなに懐いているのに、里親を探しているの？」

「家族として迎えてくれる、いい家庭があれば譲渡するよ。うちはザワザワしているから、もっと落ち着いた環境の中で育つほうが、この仔は幸せになれる」

天真が顔を近づけると、マルは嬉しそうに顔をベロベロ舐《な》めている。とても仲がいいのに、里親のことを考えているのだ。

（ぼくは、ずっと天真と一緒にいられるのかな）

ふいに過ぎる不安。頼りない気持ちになる一瞬。変なことを言って、今のいい雰囲気を壊したくない。

それに宮應家の資産目当てと、思われたくなかった。

自分がいつか天真の番となった時、自然と姓は変わる。焦ることなんてない。

考え込んでいると、ふいに天真の顔が目の前に来ていた。

「えっ」

「聞いてなかったろう。ボーっとした顔をして」

呆れを含んだ顔で言われて、思わず頬が赤くなる。

「ご、ごめん。なに？」

その問いに答えたのは茉莉花でなく、部屋に入ってきた壮一だった。

「今日、養子縁組をする子供が来る。名前は千麻《せんま》。三歳の男の子だ」

思いもよらなかった事態に、動悸《どうき》が跳ねる。

——養子縁組。

その子は養子なんだ。そう思ったとたん、胸の中に冷たい水が流れたみたいになった。

自分は保護されているだけど、養子じゃない。だから名前も天羽姓のままだ。

そのことついて、今まで一度も訊いたことはない。

「養子って、天真の？」

「いや、おじいさまの養子だ」

どうして？

天真に驚いた様子はないから、きっと以前から知っていたのだ。

どうして、その子は養子なのに、自分は養子にしてくれないのだろう。どうして自分だけ、宮應家に迎えてもらえないのだろう。

財産が欲しいんじゃない。この家に家族として、迎えてほしいだけ。

そう訊きたかった。でもこわばった唇は、うまく言葉を紡いでくれない。

「どうして、その子を養子に……」

言いかけた瞬間、部屋の扉が開いた。そこに立っていたのは、ちっちゃい幼児だ。真っ黒な髪は、くせっ毛らしい。くるくる巻いていて、可愛らしかった。

（この子、アルファだ）

その容姿を見た瞬間、全てのことに納得がいく。この子はアルファで自分はオメガ。だから養子と、預かられているだけのオメガに分けられたのだ。

（アルファの子は養子。――――そうだよね）

いつもの月雪ならば、深く考えない。だけど、今日はなぜか違う。養子として受け入れてもらえない自分は、求められていないんだ。

（オメガを養子にする家なんか、あるわけがない。アルファで、こんな可愛い子だから、宮應家みたいな立派なお宅の養子になれると決まっている）

思わず僻《ひが》んだ考えになってしまう。

幼児は長い睫に縁どられた、大きな瞳をしていた。天真と同じ金色だ。東洋人の顔立ちに金目は違和感があると言われるが、この子の瞳はキャンディみたいだった。

(天真も金色の瞳が似合っているし、不思議だなぁ)

整った顔立ちだが、頬は白く透き通っていて何か変と思い、理由はすぐわかった。頬が青白かったからだ。

(幼児の頬っぺたは、真っ赤なリンゴでないとなー)

さっきまで年がいもなく、いじけた気持ちだった。でも、真っ白い頬をした幼児を見ると、むくむくとお節介魂が頭をもたげてくる。

「さぁ、今日からここが、お前の家だ。皆《みな》に挨拶しなさい」

壮一がそう言うと子供はキョロキョロしつつも、しっかりした声で言った。

「せんま、三さい、ですっ」

ものすごい既視感が襲ってくる。月雪がこの家に来た時と、なんら変わりがない。そして茉莉花も同様で、うっとりと囁いてくる。

「なんて可愛いのかしら。月雪ちゃんが家に来た時を思い出すわね。ね?」

最後の「ね?」は、とうぜん月雪に向けてだ。

「ね?　って言われても、憶《おぼ》えてないです」

「冷静なフリしちゃって。あなただって、お人形さんみたいだったのに」

論点がズレている気がする。しかし茉莉花は新入りのプリティに夢中だ。

（……こんなだったんだなぁ）

千麻は三歳、自分は五歳。確かに年齢は違う。何より、この子はアルファで、自分はオメガ。決定的に違う。でも、知らぬ家に引き取られる不安は、変わらないだろう。

しみじみしていると、千真は月雪の前に来て、ブンッと頭を下げる。

しかし勢いがありすぎて、でんぐり返しをしそうだった。真っ白だった頬が、赤くなっている。恥ずかしいのか、興奮しているのか。

「せんま、三さい、ですっ」

先ほどと同じ自己紹介をされて、つい笑ってしまった。この年頃の子は何をやっても面白くて、可愛らしい。

「こんにちは。天羽月雪って言います。よろしくね」

しゃがんで目線を合わせると、千麻は大きな瞳をさらに大きくする。

「どうしましょう。可愛いわ」

茉莉花が溜息交じりに言う。子供と動物に目がないのだ。

「でも千麻と天真は、読みが似すぎよね。混同しそうだわ。何か、いい呼び方ないかしら。キュートでラブリーな呼び名。月雪ちゃん、さぁ考えて」

「え、ぼく？　茉莉花さん、そんな無茶ぶりヒドイ」

要するに覚えやすくて呼びやすい、いい愛称ということだ。保護犬や保護猫と一緒。動物は叱ることが多いので、二文字から三文字がいい。

しかし、とつぜん愛称をと言われて、パッと気が利いたことが言えるスキルなど、持ち合わせていない。でも、ちゃんとしてあげたい。

千麻は、ちっちゃくて、ふわふわしている感じ。とにかく愛くるしいのだ。そんな子にぴったりな、キュートでラブリーな名前。悩みに悩んで絞り出したのは。

「えーと、えーと、ち、ちまちゃん」

苦し紛れに言ってみると、茉莉花は「それ！」と大きな声で言う。

「び、びっくりした」

「驚いている場合じゃないわ。ちまよ。ちま、ちま。なんて可愛いの」

ご機嫌になった彼女は、何度も「ちま」を連呼する。傍で成り行きを見守っていた壮一も天真も、ものすごく納得していた。

「ちまちゃん、あなたを今日から、ちま、って呼ぶわね」

ご機嫌な茉莉花に、当の本人はキョトンとしていた。

「ちまちゃ、ん」

「そうよ。千麻もいい名前だけど、先住者のおじさんとかぶっちゃうの。ごめんなさいね。だから、あなたは今日から、ちまちゃん！」

ご機嫌な茉莉花につられてか、千麻はエヘヘと笑う。先住者のおじさん扱いされ憮然としていた天真も、微《かす》かな笑みを浮かべている。

つられて月雪も笑顔になった。

自分が天羽姓のままで、この子だけが養子扱いということに引っかかりを覚えていたのは僻みでなく、疎外感からだった。

自分はオメガで、この宮應家の一員になれない孤独や寄る辺なさに取り込まれた。

だけど、それは被害妄想。

そんなつまらない感情ゆえに、小さな子を心から歓迎できなかった自分は、どれだけ小さくて、しみったれた人間なのだろう。

「やんなっちゃうなあ」

自嘲の呟きが洩《も》れると、天真が耳ざとく月雪を見る。

「どうした?」

真っすぐな眼差《まなざ》し。初めて出会った時から変わることのない、美しい金色の瞳。

アルファの眼差し。

天真と、番になりたい。この想《おも》いを実らせたい。

未だ知ることのない番という世界だけど、天真と一緒なら行けると思う。

「ううん。なんでもない。じゃあ、ちまちゃんで決まりだね」

考えていたことを見透かされた気がして、思わず誤魔化してしまった。

天真。天真。天真。だいすき。

自分たちの、気持ちは通じ合っている。まるで乙女のようなことを真顔で思った。

抱き上げて空の高さを教えてくれた時から、あのガチャを差し出した時から。

ずっと、ずっと、天真が大好き。

そんなことを考えながら、部屋に戻った。すごくドキドキしていた。

□□□

「……ふ、ぅ」

身体が硬くこわばっている、妙な感覚。服が肌を擦《こす》るのも、ひりつくみたいだった。扉を閉め、施錠する。誰にも入られたくないからだ。

ベッドに腰をかけて、のろのろとズボンの前を開く。

まだ外は明るいのに、何をしているのだろうと情けなくなる半面、肌が火照っているのを止められない。

服を脱ぎ捨てると、ベッドに座ったまま性器を握りしめた。

(こんな時間に、バカじゃないか)

階下では、まだ茉莉花も千麻も壮一も、そして天真もリビングにいる。皆でお茶を楽しみ犬や猫と戯れ、談笑しているだろう。

それなのに自分は部屋に閉じこもって、裸になって。

いやらしい。やっぱり、ぼくはオメガだ。

理性が吹き飛び獣のようになるという発情。それはとても怖い。

自分は、もうじき十八歳。それなのにヒートの兆しもない。

こんな未熟な性なのに、淫らがましく自慰行為をするなんて。おかしい。どうかしている。でも。でも、さっきの天真の瞳が忘れられない。

アルファの金色の瞳。見つめられただけで自分は、いやらしくなる。

天真。天真。天真に抱いてもらえるなら最初は恐くても、きっとすぐに慣れる。すごく気持ちよくなる。きっと、きっと赤ちゃんも授かれるはず。

「ん、んん……っ」

鍵もかけてあるし、誰も入ってこない。でもいやらしい声は後ろめたいから。誰にも見つかりたくないから。

――――どうして自分の洩らす吐息って、興奮しちゃうのだろう。

想像だけど天真が抱いてくれたら、きっとすごく強引で、でも優しくて、自分はすぐに蕩《とろ》ける。とろとろに。すごく淫らに。

強く抱かれたら、それだけで興奮するだろう。いやらしくなって、声が出てしまうかもしれない。いやだ、恥ずかしい。でも、でも、きっと気持ちがいい。

「ああ……っ」

もしかしたら無理やり事に及んでしまうかもしれない。背後からだろうか。それとも正面からだろうか。どうしよう。どうしよう。

「ああ、ああ、ああ……っ」

握りしめた性器から、透明な体液が滲み出てくる。指がなめらかに動く。顎がのけぞって、淫らな声が洩れてしまう。

「天真、天真ぁ……」

濡《ぬ》れた音がするのは、きっと体液が多く出ているせい。興奮しているから。すごく気持ちいいから。

「天真、キスして。キスして……」

きっと力強いキス。舌も入れられるかもしれない。どうしよう。いやらしすぎる。考えただけで達してしまいそうだ。

「いい、いい、もっと、もっと奥に欲しい」

想像でしかない愛撫《あいぶ》。くちづけ。挿入。抽挿《ちゅうそう》。でもどれも熱く感じる。肌が燃えるみたいだ。もうだめ。もういっちゃう。

「天真、天真の種が欲しい、欲しいよぉ……っ」

淫らな願いを口走って、頂点に達した。ティッシュをかぶせる間もなく、白濁が飛び散った。シーツが汚れちゃうと思っただけで、さらに腰が動く。

「あ、あ、あ、あ、あぁ……っ」

びくびくと身体が震えて、淫らな絶頂は続いた。はぁはぁと息が乱れるが、すぐに身体が冷えてしまう。

「てんまぁ、すき、……すきなの……」

いやらしい遊びに、大好きな人を使った罪悪感。身体の熱は冷めて、一気に体温が下がる。手を拭って、ベッドに横になる。

(ごめんなさい)

そう囁いて目を閉じた。こんなふうに自分を慰めると、惨めな気持ちになる。

ヒートを迎えるのは怖い。その時に首筋を嚙まれるというのも怖い。痛いことは大嫌いだし、血が出るなんてゾッとする。

でも天真だったら。

すごく綺麗な歯並びをした彼なら、嚙まれても痛くないかもしれない。

ありえないことを空想しながら、また胸がキュンとする。

(天真に抱っこしてほしいなぁ)

彼と番になったら、きっと抱きしめてくれて、いつもキスしてもらえる。
だからヒートが来ても大丈夫。自分には天真がいるから大丈夫。
ぜったいに大丈夫。

3

ちまは元気で面白く、あっという間に家族のアイドルとなった。天真は不愛想だけど子供好きで、ヒマがあれば一緒に庭で遊んでいる。

宮應家の豪邸の庭は広く、保護犬たちのドッグランになっていた。

「きょおは、おうたを、ならった！」

ドッグランの端に敷き詰められた芝生に座っていた千麻は、とつぜん立ち上がるとお遊戯つきで歌を披露してくれた。

お尻をふりふり踊るが、まだ、おむつなのでその姿は、めちゃくちゃ可愛い。

「てぃらっ、てぃらっ、てぃらてぃらてぃらてぃららぁー」

「ちまちゃん、それ、なんのお歌？」

月雪の問いに、千麻はピタッと歌と踊りをやめ、こちらを見つめた。その顔は険しい。

「なんかマズいこと訊いちゃったかな」

そう言うと千麻は深刻な顔で、重々しく口を開く。

「てぃらっ、の、おうた」

「……そっかぁ」

三歳児に理屈を求めるほうが間違っている。月雪は深く反省した。

「ちまちゃんは、いいなぁ」

「う?」

「毎日たくさん寝て、お腹いっぱいご飯を食べて、幼稚園に行って、お友達と遊んで。楽しいこと、いっぱいだよね。それに」

「ううう?」

それにオメガじゃない。ちまはアルファだもん。いいなぁ。

アルファだから悩むこともない。誰とでも友達になれる。こんな立派なおうちに養子になれて、いいな。羨ましい。ぼくなんて。ぼくなんて――。

そこまで考え、あまりの卑屈さと惨めな思考に、頭をかかえたくなった。

(ぼく、こんな小さい子相手に、何を考えてたんだろう。恥ずかしい)

いいお天気。日差しはきらきら。風は心地よい。それなのに、自分は惨めだった。

(自分は子供の頃、どうだったかな)

いじけた気持ちを払拭したくて、忘れかけていた記憶を掘り起こしてみる。

五歳の頃の自分は毎日が抗争。仁義なき戦い。とにかく家庭は戦場みたいだ。

父親も母親も苛々《いらいら》、ギスギスして、気に入らないことがあると怒鳴り合う。そうかと思えば近所から割れ物や汚物を投げつけられる、バイオレンスな環境だった。

――何もかもが、オメガの自分のせいで。

そんなところで育つと、子供は大人の顔色をうかがう。不用意な発言で怒らせないように、細心の注意を払う。嘘をつく。何を言われても黙ってしまう。

要するに子供らしい大胆さや、天真爛漫《てんしんらんまん》さがない、やたら慎重な子供が育つのだ。

今の肝心なことが言えない性格は、デンジャラスな家庭環境の賜物《たまもの》か。

(考えれば考えるほど、泥沼に沈んでいくみたいだ。やめやめ)

そこまで考えて、ぷるぷる頭を振ると、太腿に温かいものが触れた。視線を落とすと、千麻が月雪の太腿に頭を乗せてきたのだ。

「ちまちゃん、てぃらっ、の続きは歌わないの?」

「うー、ううう」

「どうしたの?」

先ほどと違う声に、どうしたのだろうと顔を覗き込むと。

千麻は大きな瞳に、涙を溜《た》めていた。

「ど、どうしたの。急に泣いたりして」

「つきゆき、さみちい」

さみちい。淋《さみ》しいの幼児語か。

「どうして、ぼくが淋しいの」

「だって、つきゆき、えーンってしてる。ちまも、えーンなの」

「ぼく泣いてないよ」

「ううン。えーンよ」

「……ちまちゃんには、泣いているように見える?」

「ちま、しってるの。えーンって」

「――――そっかぁ」

時々ちまは、不思議なことを言う。

心の中を見通すような、寄り添ってくれるような言葉の数々。こんな小さな子でも、人の気持ちがわかるのだろうか。

「つきゆき、いっつも、ひとり。わらってても、ひとり」

笑っても一人。まるで俳句の、咳をしても一人のモジりみたいだ。

「ぼく、一人なのかな」

「おおきいちと、コラーって、する」

幼児語では、ちと。常用語では、人だ。

「大きい人?」

「ちっちゃい、つきゆき、おふろのなかにいる。おっきいちと、こわい、の」

その一言を聞いて、鼓動が跳ねた。

小さい月雪、お風呂の中にいる。

幼児の頃、父の逆鱗《げきりん》に触れないように、いつも浴槽に逃げていた自分のことだ。すぐに思い至り、ぞくぞくと鳥肌が立つ。

蕁麻疹にさえならなければ、ずっとオメガとバレなかったろうか。いや、その可能性は低い。どのみち十歳を過ぎたあたりで子供は全員、認定検査は受けなくてはならない。

父親は子供がオメガだと申告したとたん、会社を辞めさせられた。母親もテキスタイルデザイナーの仕事を、辞めざるを得なくなってしまう。

住まいは都心のマンションから、郊外のアパートになった。父親の収入は激減し、母親はスーパーで働きだす。家庭は荒《すさ》みに荒んだ。

近所の人にもオメガがいるとバレて、嫌がらせをされるようになった。

家の前にゴミを撒《ま》かれる。自転車を毎日のようにパンクさせられる。ペンキでいたずら書きをされ、窓ガラスに石を投げつけられた。

父親は酒を飲んで荒れ、月雪に向かって大声で怒鳴り散らした

冷たい北風が吹き荒れた部屋の中で、父親に殴られないよう浴室の中に逃げ込んだ。入ろうと思えばは入れただろうに、なぜか父親は浴室には入ってこなかった。

水の入っていない浴槽の中で毎日、膝をかかえて座り込んだ。

そんな状況に嫌気が差したのか、父親は月雪をオメガ施設に入所させることを決めた。民間の企業が作った、清潔で安全なところだという。

でも入所してわかったのは、そんなパラダイスではないということ。

それでも両親からすると、面倒や厄介ごとを引き起こす子供がいなくなり、清々したのかもしれない。その証拠に、迎えに来る様子もなかった。

「ちまには、過去のぼくが見えているんだね」

「かこ？　かこ、ってなぁに」

過去の意味さえ知らなくても、この子には昔の月雪が見えている。ようやくそこで、アルファの特殊な能力を思い出した。

稀《まれ》にだが、予知をしたり、過去を見たりする力がある者がいるという。

(ぼくは、そんな才能ないけど、この子は違う。アルファって、すごい)

子供の頃のことを思い出すと、どうしても寂寥《せきりょう》感に囚われた。千麻は、それを敏感に感じ取ったのか。

「つきゆき。もう、おふろから、でてきて」

「ちま……」

「つきゆきに、おしえて。ここのおうちは、あんぜん。みんな、やさしい。てんまがいるもん。だから、だいじょうぶ」

囁くように言われて、胸が震える。

アルファっていうのは、すごい生き物だ。

「ちま大好き」

身体を屈《かが》めてギューッとしてやると、キャッキャッと喜ばれてしまった。柔らかくて温かい幼児に触れていると、本当に心がほっこりする。

(ちまカワイイ。ぼくも、こんな子供がいたら幸せだよね)

オメガに生まれてしまったのだから、子供が産める。安易かもしれないが、自分の最大の味方が手に入るような気がする。

(まっとうに育たないかもだし、家庭内バトルもあるかもしれないけど)

それでも、やはり大好きな天真との子供が欲しい。千麻と一緒に、ギューッと抱きしめてあげたい。好きな人の子供だもの。

(やっぱり、お願いしてみよう)

月雪はある計画を実行しようと、心に決めた。

□□□

「天真、こっち」

千麻とのやりとりがあった翌日。月雪は天真の手を引いて、神宮《じんぐう》の猫カフェへと向かった。銀座《ぎんざ》で画廊を経営している天真は、平日が休みだ。

「猫カフェ？　うちに十七匹もいるのに、まだ足りないのか」

「うちの仔たちはうちの仔たち。よその仔はよその仔だもん」

「愛人と本妻をうまいこと言って宥《なだ》める、中年みたいだな」

「そういう穢《けが》れた言い方しないで。猫ちゃんは清らかなんだからね」

文句を言いながら到着した猫カフェは、白を基調とした店構えで居心地がよく、店員さんも白シャツに黒ボトムスという制服がオシャレだった。

壁に沿って作りつけられたキャットタワーと、透明なアクリル板で造られたキャットウォークは、猫好きならば心が鷲摑《わしづか》みにされるだろう。

天真もその一人で、表情は変わらないままだったが、微かに頬が薔薇色になっている。ものすごく楽しんでいる証拠だ。

「天真、すっごく嬉しそう」

「いや、そんなことはない」

そう言っていると、可愛い真っ白の猫が天真へと近寄り、フンフンと匂いを嗅いだ。長毛に青い目がきらきらの、すごく綺麗な子だ。

この店では、猫メンバー紹介が写真つきで貼ってある。見てみると、この子はナナちゃんというらしい。トップに掲示されているということは、ナンバーワンなのだろう。

「ナナちゃん、天真のこと好きなんじゃないか」

「ただの好奇心だろう」

冷静さを装う天真を他所《よそ》に、ナナちゃんは、おもむろにゴロンと横になった。

これは、「撫でてもよくってよ」という積極的なお誘いだ。

「すごい、ナナちゃんからお呼びだよ！　天真、早く早く！」

何が早くなのか、言っている月雪もよくわからない。しかし、人懐っこい仔だ。

「ナナちゃん。失礼」

彼はそう言うと、大きな掌《てのひら》で柔らかい毛並みにそっと触れた。とたんにナナちゃんがゴロゴロと喉を鳴らす。

男らしい手の甲に、うっすらと透ける血管。

それを嫌がる人もいるらしいけど、天真の手は芸術品みたいだ。その手が真っ白なナナちゃんを撫でる様子は、艶《なま》めかしくもある。

（うわぁー、いいなぁー）

いいなぁとは、初対面の猫に懐かれて羨ましかったのと、天真に撫でられて嬉しそうなナナちゃんが羨ましかったからだ。

（天真って、柔らかくて可愛いものが大好きだよね。……やっぱり、いいなぁ。ぼくも、あんなふうに撫でられたい）

ぽっと出てきた願望に、思わず頬が赤くなる。

子供の頃は、ごく当たり前に撫でられたり、一緒に風呂にも入ったりしていた。

でも月雪が中学に上がったあたりから、スキンシップがなくなり、お風呂も一人で入るようになってしまった。

自分もナナちゃんみたいに、撫でられてゴロゴロしたい。

とうとう月雪は、自分の欲望を告白することにする。

「あのね、ぼくもうじき十八歳になるんだけど」

「もうじきって、誕生日は秋だろう。あと半年以上あるぞ。何か欲しいものがあるから、前倒しのおねだりか？」

「そうじゃなくて！」

天真の頭の中では、月雪はまだ幼児のままらしい。お誕生日だからと指折り数えて、欲しいものがあるとコッソリお願いをしていた子供なのだ。

「ぼく、番を見つけなくちゃいけないんだ」

平日の中途半端な時間帯。お客は少ない。だが、無人なわけではないから、月雪の声は小声だ。ナナちゃんはおとなしく撫でられっぱなしだった。

「……月雪も、もう大人になるんだな」

しみじみした声で言われ、大きく頷く。そうだ。もっと大人になったと認めてもらいたい。天真の番として相応《ふさわ》しいぐらい大人になったと、そう思ってもらえたら。

天真が自分のことを、どう思っているか。もしかして、アイソスピン保護施設で泣いていた、幼いオメガのままだと思っているかもしれない。

違う。前は頼りない子供だったけれど、今は違う。もうすぐ十八歳。いつ、ヒートが起こっても不思議はない年齢になるのだと、彼に認めてもらいたい。

もう、膝をかかえて泣いていた子供ではないのだと。

家の中は、番の話ができる雰囲気ではない。それに天真は最近、千麻には優しいのに自分にはよそよそしいのだ。

天真のことが、ずっと好き。

だから、番は彼しか考えられない。ほかの人なんて、ぜったい嫌だ。

とうとう告白の時は来たのだ。

「あのね、大人になるから、天真と、番に、なりたい、んだ」

言った！

カクカクした話し方だったが、ちゃんと言えた。顔どころか、全身が熱くなる。たぶん真っ赤になっているだろう。

でも、恥ずかしいことではない。オメガとして当然の発言だ。だって、子供を授かるために性を受けたのだ。好きな人と番になりたいに決まっている。

照れちゃダメだ。そう自分を叱咤しながら、早口になった。

「天真と一生を歩みたい。だからね、ぼくにヒートが来たら番に」

月雪の言葉は、ここで途切れた。

なぜなら彼が、見たこともないぐらい、困った表情を浮かべていたからだ。

「天真？」

「どうして私と番になりたいなどと思うんだ」

低く声音で問われて、答えられなかった。

どうして？

どうしてって、どうしてって。

……どうして、そんなことを聞くの。

番になりたいとオメガから申し出るのは、いけないことなのか。恥ずかしいことなのか。

ありえないことなのか。

不穏な空気を感じ取ったのか、天真の傍にいたナナちゃんは、さっさと部屋の奥へと行ってしまった。ずるいと思った。だって、こんな場に一人にされるなんて。

それでも月雪は、必死で言葉をかき集めた。

「て、て、天真のこと、大好きだから……、だから番になりたい」

一世一代の告白だった。でも、天真の眉間の皺は深くなるばかりだ。

どうして、こんな顔をするのだろう。番になりたいと言われたアルファは、誰もがこんな顔になるのか。いや、違う。天真は。

——天真は困っている。

もしくは迷惑だから、こんな顔になるのだ。

「天真は、ぼくとは番になりたくない、の？」

先ほどまでのドキドキとは違う胸の鼓動を堪《こら》えながら、小さく聞いた。

『おバカさんだね、そうじゃないよ』

そんな一言を期待しながら。でも、返ってきた言葉は。

「違うだろう」

「え？」

「月雪、それは違う」

そう呟かれたとたん月雪の頭の中が、ボワッとした。車が、長いトンネルに入った時のような、あの変な感じだ。

(違う？　違う。違うって、……番になるのは、違うってこと)

断られた。番になれないと、断られたのだ。

(変な感じ……。ここはトンネルじゃないのに)

耳鳴りみたいな感覚に襲われる。自分は、どこに立っているのだろう。

気がつくと月雪は猫カフェのクッションに座り込んで、呆然としていた。違和感を覚えて手に目を落とすと、ナナちゃんがペロペロ舐めてくれている。

普段なら嬉しくなってしまう、こんな状況なのに。

大好きな猫がいるカフェで、大好きな猫に舐められて、大好きな天真と一緒にいるのに。楽しい楽しいひと時なのに。

でも。

でも月雪の心は、まるで楽しいと思えない。それどころか、嵐の中にいるみたいに冷たく冷えて固まっている。

『違う』

心の底が凍りついているのに、なぜか口元には笑みが浮かんでいた。

(つきゆき、いっつも、ひとり。わらっても、ひとり)

千麻の声がよみがえる。あの子が言っていたのは、このことだったのだろうか。

天真は自分のことを、心配性だと言ったことがある。確かに、夜一人で寝ていた小さな月雪を気にして、部屋に来てくれるぐらい心配性だ。

でも番の申し出を断られた月雪を、ひとつも心配してくれなかった。

(自分は天真に好かれていると思っていたけど、何ひとつ根拠がない思い込みだった)

心の荒野の中で月雪は笑いながら、たった一人だと思った。

その時、どこかから小さく歌が聞こえた。以前、聞いたことがある、懐かしいメロディだ。混乱した頭で、なんの曲だったかと考える。

迷子の迷子の仔猫ちゃん。

あなたのおうちは、どこですか。

おうち。おうち。……おうちは、どこだろう。

他愛のない歌詞が、胸の奥に突き刺さる。

そうだ。自分もおうちがわからない。

でも。

月雪は泣けない。泣いてばかりいれば、犬のおまわりさんが来てくれるのに。

迷子になっているのに自分は泣けない。――――泣けない。

□□□

「う……っ、うう、うぇ……っ。うぇーんっ」

どうやって家にたどり着いたのか。店を飛び出したあとの記憶がなかったが、気づいたら家の扉を開いていた。次の瞬間、大号泣の渦に巻き込まれる羽目になる。

「ど、どうしたの」

泣いているのは千麻と、そしてなぜか茉莉花だ。

二人はリビングの床に座り込んで、大号泣していた。

「茉莉花さん、何があったの。どうして泣いているの？」

「リルが、リルが……っ」

うわ言のように泣きじゃくる茉莉花の肩を、そっと抱き寄せた。

「リル？　あの子がどうしたの」

答えたのは茉莉花でなく、千麻だった。

「リルがいなくなっちゃったぁあああ」

黒猫リルが、いつの間にか逃げ出してしまったらしい。老猫といっていい年になっている子が、深夜にいなくなるのは一大事だ。

「外は探した？　庭の隅とか、屋根裏とか」

「さ、探しているけど、見、見当たらないの。今日はいつもより寒いのに、リルがいないなんて。……いないなんて……っ」

いつもは勝気で気丈な茉莉花の憔悴《しょうすい》ぶりに、月雪の心も乱れる。

「だいじょうぶ。ぼくが絶対に見つけるから。だから、二人とも泣かないで」

不安な気持ちは変わりないが、自分がしっかりしなくてはならない。さっき天真に番を断られて、気持ちは荒れている。大声で泣きたいのはこっちだ。

（ぼくだって、クタクタだ。ありえないぐらいぐらい、疲れている。正直、突っ伏して泣きたいぐらいだ。でも、今はそれどころじゃない）

こんな時に限って壮一はいないし、天真もまだ帰っていない。いつもはエレガントな茉莉花は涙を浮かべ、無邪気に歌い踊る千麻は、大きな声で泣いている。

何より、いつも優雅に寝そべるリルがいない。

これは非常事態。泣いている場合じゃない。泣きたいけど、泣けない。

（……じゃあ、しっかりするしかないじゃないか！）

「節さん、庭のほうを探してくれたんだよね」

戻ってきた節に訊くと、「屋敷の中も庭も、使用人たちで捜索しました」と言う。

これはいよいよシリアスな迷子だ

「外に出てみる。リルが好きな猫缶と、何かオモチャを貸して。あと、洗濯ネット」

いきなり生活感あふれるアイテムを言い出した月雪に、全員が困惑する。

「興奮していることもあるから、洗濯ネットがあるといいって、迷子サイトで見たことがあるんだ。猫カゴを見ると、また逃げちゃうこともあるし」

「猫カゴを見て、逃げるんですか」

節が不思議そうに首を傾げる。

「だって猫から見たら、このカゴは動物病院行きの特急便だもん」

そう。犬ズ猫ズにとって、ペットキャリーは地獄行きエクスプレスだ。

用意されたアイテムを手に、屋敷の外に出る。閑静な住宅地は静まり返っていた。

(こんな遅い時間に名前を呼ぶのも、はばかられるなぁ。でも、背に腹は代えられないし、怒られたら謝って許してもらおう)

心の中でゴメンナサイしながら、声を張り上げないように猫の名を呼んだ。

「リルー、リールー！　ゴハンだよ、出ておいで。リール！」

持っていたスプーンで、控えめに猫缶を鳴らす。でも、効果はない。

もしかすると、もっと遠くに逃げたか。

(……逃げる)

今日の自分みたいだ。番になりたいと、一世一代の告白をしたのに断られて。どうしていいかわからず、後先も考えず店を飛び出してしまった。

傷ついたからといって、逃げるなんて子供だ。

こんなに未熟だから、天真に番を断られたのだ。

泣きたくなったけれど、ぐっと堪える。今ここで泣いても、何も進展しない。とにかく、リルを見つけたい。早く暖かくて安全な家に連れて帰りたい。

五歳の月雪が不安に震えていたように、あの黒猫も怯《おび》えているに違いない。

「あの」

背後から声をかけられて、マズい！　と背筋が凍る。やっぱり静かな住宅街で、こんなに騒がしくしたら、住人はいい気持ちがしないだろう。

顔も見られなくて、ペコペコ頭を下げる。これで許してもらえるか。

「すみませんっ。騒がしくて、ごめんなさい。飼い猫がいなくなったので、探しているんです。騒々しいですが、勘弁してもらえれば」

立て板に水の勢いで、謝罪の言葉を口にする。だが。

「いいえ、そうじゃなくて。もしかして、この子を探しているんじゃないですか」

優しい声で話しかけられて、恐々と視線を向けた。

すると、その人の腕の中には見慣れた黒い猫がいた。

「リル！」

思わず大きな声を出してしまった。抱かれていた猫が、ビクッと震える。

「どこに行ってたの！　心配したんだよ。茉莉花さんだって、ちまだって、リルがいなって泣いちゃって、ぼく、もうどうしていいか……」

話しているうちに、涙がボタボタ零れる。それを拭うこともできず、ひたすらリルを見つめた。するとと、ペロリと舐められてしまった。

「う……、うう……っ、リルのバカ……っ」

潤んだ目に、白いものが映る。アイロンがかけられたハンカチだ。

「どうぞ、拭いてください」

「あ、あの……っ」

目を開くと、ものすごく綺麗な青年が目に入った。

長身で、目が大きくて切れ長。ゆるくウェーブがついた髪は長く、後ろで結んでいた艶やかな黒髪と黒い瞳。話す声が落ち着いていて、優美で。そして。

（この人、オメガだ……っ）

緩いハイネックのニットを着ていたので、首元は隠れている。でも、よく見れば首筋に傷があるのが見えた。これは番のいるオメガだ。

施設でもほかのオメガとは顔を合わせたことがなかったし、学校でも出会ったことがなかった。なぜわかるかというと、不思議なことに匂いがするのだ。

臭いとかじゃない。むしろ惹《ひ》きつけられる甘い香りだ。

それは向こうも同様だったようで、彼は少しだけ首を傾げる。

「失礼ですが、あなたオメガですね」

「は、はい……っ」

「この街で暮らして十年は経ちますが、初めてオメガの方と話をします」

「ぼくも話どころか、オメガと会うのも初めてです。昔、オメガの施設に入れられたことがあったけど、その時も収容されたオメガに会わずじまいでした」

「オメガの施設って、アイソスピン保護施設でしょう。私も、そこにいました」

「え……っ」

驚きの連続だ。リルを見つけてくれた人がオメガで、同じ施設にいたなんて。

冷静に考えれば、絶対数が少ないオメガだから、ありえない話じゃない。

「施設の職員は神経質なぐらい、オメガたちを接触させなかった。創設者が昨年に亡くなったので、今は篤志家が集まって運営しています」

「そうなんだ。ぼく、なんにも知らなくて」

「保護施設では、毎日が実験動物扱いだったでしょう。知らなくて正解です。私もあの施設を出られて、番を見つけたんです。やっと幸福になれました」

その一言を聞いて、胸が絞られるみたいに痛かった。

「番……、いいなぁ」

思わず羨望の声が出ると、彼は目を細めて微笑んだ。

「いいでしょう?」

すごく可愛い自慢だったので、笑ってしまった。こんなに綺麗な人なのに、ちっとも気取ったところがない。

どんなアルファと番になったのだろう。なんとなく興味をかき立てられる。

「私は甲賀類《こうがるい》といいます。デザイナーの仕事をしています」

右手を出されたので、恐々と月雪も手を出した。握手なんて初めてだ。

「デザイナー、すごいですね。ぼくは天羽月雪。高校生です。あ、でも学校に行っていないですけど。この子は、うちの猫でリル」

「どうして学校に行かないのですか?」

初対面なのに、なかなかのツッコミだ。月雪はちょっとだけ首を傾げて答えた。

「不登校で引きこもりだから」

あっさり答えると、彼は眉を寄せる。

「苛められているとか?」

「いえ、そんなのじゃないです。おぼっちゃま学校だから、みんな品がよくて頭もいい。だから苛めなんてないんですよ。でも」

「でも？」

「……でもオメガは珍しいから、好奇心の目で見られます。ヒートの時は、学校に来るなよとも言われました。ヒートが起こったら、学校どころじゃないらしいのに」

月雪自身も、実際はよく知らないヒート。

オメガは情欲に溺れて見境がなくなり、男を咥《くわ》え込もうとするらしい。

だからオメガは嫌われる。

十日ぐらいの間、猫のサカリみたいになって、男を誘うというヒート。考えただけで、ゾッとする。今さらだけど、オメガに生まれたくなかった。

(だから好きな人と番になりたくて。だから天真に頼んで。……だけど)

あっさり玉砕。理由も言ってもらってない。

考えただけで瞳が潤む。さっきまでリルを探していて、気が張っていた。でも、今は腕の中に温かい毛玉がいて、優しい人が隣にいて気が緩んでしまったらしい。

「泣かないで」

「ぼく、泣いていません」

そう言うと、彼は困ったような表情を浮かべた。

「でも、涙が零れています」

そう言われて顔を上げると、ポロポロと涙が零れてしまった。抱っこしていたリルの上に水滴がいくつも落ちる。

さっきも猫の顔を見たとたん、張り詰めていたものが崩れ涙が零れた。今はどうして泣いているのか、わからない。でも泣けてくる。

ふだん泣いたりしないのに、この時は涙が止まらなかった。

「どうぞ涙を拭いてください」

先ほど差し出されたハンカチを、ふたたび促される。恥ずかしかったけれど頭を下げてから涙を拭いた。学校のことで泣いたわけじゃない。

「ごめんなさい。恥ずかしいです」

「恥ずかしいことじゃないですよ。猫ちゃんの逃走で、あなたは疲れています。この子も見つかったことだし今日はもう、帰ったほうがいいかもしれないですね」

「はい」

そう答えながら、類と別れるのは後ろ髪を引かれる。

同じオメガだからというだけでなく優しいし、人を惹きつける魅力がある人だ。もっと話をしていたい気持ちになってくる。

「類さん、あの、よかったら、また会ってくれますか」

「え？」

びっくりした顔をされる。それはそうだ。とたんに月雪は恥ずかしくなった。

(これじゃナンパだ。いや、でも逆ナン？　って、ぼくバカじゃないか)

「また会いたい？　それは光栄ですね。でも、どうして急に？」

落ち着いた声で話されて、気持ちが落ち着いてくる。深呼吸できるみたいだ。

「類さんと、またお話ししたくて。ぼく、オメガの知り合いがいないから不安で。……類さんは番がいるオメガだから、話を聞いてほしくて」

類は先を促すように頷いてくれた。

「今日、ある人に番になってくれないかって頼みました。長年お世話になっている家で同居している、アルファです。子供の頃から、彼しか見てなかった。でも、番になりたいって話をしたら、本当に困った顔をされて、それで」

また涙が溢れてくる。恥ずかしい。

類は月雪の頬を濡らす涙を拭ってくれた。とても優しい手つきだ。

「そうだったんですか。それは、つらいでしょう」

穏やかな声に、せき止めていた悲しみが癒《いや》される気持ちがする。この人は、本当に思いやりに溢れている気がした。

「ぼく、もう十七歳だし、何もわからなくなるという、ヒートが怖いです。だから、そのアルファを頼ってしまったから、重いと思われたのかも」

「そんなことはありません」

月雪を遮るようにして、類はキッパリと言った。

「類さん……」

「少ししかお話をしていませんが、月雪さんは優しいし思いやりがあり、誠実さも滲み出ている方です。それに、とても可愛らしい」

「い、いいえ。そんなこと」

「そんなことあるんです。むしろ、こんな素敵な人に番を申し込まれたのに、断ったそのアルファを、問いただしたいぐらいだ」

本気か冗談かわからないけれど、初対面の人にそこまで言ってもらうのは、正直とても面映ゆい。でも、傷ついた心には、とても嬉しい言葉だった。

「あ、笑った」

指摘されて、笑っていることに気づいた。

「だ、だって。類さん、本気で怒っているんだもん」

くだけた口調になった月雪に、類は嬉しそうな顔を向ける。

「なんだか、月雪さんと初対面なのに、不思議と距離感がないんです。甥《おい》っ子とかいたら、こんな感じなのかな」

「ああ、それわかります。ぼくの家にも甥っ子みたいな子が同居するようになって」

「そうなんですか」

「はい。その子、まだ三歳なんですよ。でも、すごくいい子で楽しくて」

楽しく話をしていた、その時。月雪の背後から、聞き慣れた声がした。

「類」

——————この声！

心臓がドキッとして、バクバクいった。

猫カフェから、その後どこへ行っていたのか。なぜ、こんな夜道をうろついているのか。

「こんなところにいたのか。さっき、きみのマンションに……」

鼓動の音だろうか。それとも、脈動の響きだろうか。

なんだかわからない体内のドキドキが、二人に聞かれそうになった、その時。

「リル？　それに月雪？」

抱っこしたままの黒猫から確認されて、背中を向けていた自分は天真にとって、二の次、三の次の存在だったと悟った。

言いようがないくらい胸が苦しく、悲しくなる。

自分がどうでもいい存在に思えて、やるせない気持ちになったからだった。

4

「て、天真。おかえりなさい」

泣きたかったけれど、堪えて笑顔を作る。

「月雪、どうしてこんな夜更けに外にいるんだ。それにリルも外に出して」

「聞いてよ。リルが家出しちゃったんだよ」

「え？」

本当に大変だったんですよ。

あなたに番を断られて、悲しい気持ちでフラフラで家に戻ったら、今度はリルがいなくなって。茉莉花さんも、ちまも泣いちゃって。ぼくも不安で。

本当に不安で。

でも、天真はいなくて。いても、頼っちゃいけない気がして。

「だからリルを捜しに出たんだ。そうしたら類さんがリルを捕まえてくれてね」

困ったことは起きたけれど、解決したよとナチュラルな微笑み。これは成功したけれど、心の奥はブリザード級の嵐が吹き荒れていた。

（えぇと、えぇと、あと何を言ったらいいのかな。もう頭の中がめちゃくちゃ）

「類さんと友達だったの？　オメガの友達がいたんだね。教えてよ、もうー」

会話として、これが自然なのか。不自然なのかわからない。

もう、どうしていいか、わからない。

「月雪と類は初対面だろう？」

「ええ。天真と月雪さんは、どういったお知り合いなんですか」

類の問いかけに、月雪がドキッとした。

先ほど、好きなアルファがいて同居していると、吐露したばかりだ。

「アイソスピン保護施設から引き取って同居しているオメガの子がいると、話をしたことがあったろう。彼が、その子だよ。十年以上、同居している」

（あ、言っちゃった）

「オメガの同居人って、月雪さんのことでしたか」

類は知らん顔で、話を続けた。さっきの番を申し込んだけど断ったアルファが、天真だとわかったのに見逃してくれている。

（……やっぱ類さん、いい人だ）

気が張ってしまったので、脱力してしまった。

バレてもいいけど、……疚《やま》しい。

自分みたいな、みっともないオメガが、立派なアルファへ番の申し込みをするのは、客観的に見て恥ずかしいことだろう。

分不相応。身のほど知らず。高望み。弁《わきま》えることを知らない。

落ち込みそうになった月雪に、静かな声が届いた。

「もう十年以上、同居しているんだ。家族みたいな子だよ」

その一言に、月雪の胸が、ふたたびチリチリ痛む。

家族。普通ならば嬉しい言葉。だって、受け入れられて、大切にしてもらっているのだから、胸が痛いなんて変な話だ。

――でも、家族と子供を作りたいとは、思わないのだ。

そんな月雪の胸の内を知らない二人の会話は、和やかだった。

「私より月雪と類は、ずいぶん仲がいいように見えたよ」

「ええ、とても素敵な方ですね。お話しできて、とても楽しかったです。でも、今日は帰ったほうがいいかも。月雪さん、疲れたでしょう?」

すごく優しいことを言われて、心が震える。

そうだ。自分は、すごく疲れた。クタクタを通り越している。本当ならば毛布に包《くる》まって、泣きたいぐらいなのに。

「そうだな。月雪、帰ろう」

天真はそう言うとリルを月雪から受け取ると片手で抱き上げ、抱っこする反対の手を当たり前のように差し出した。その左手を、月雪はそっと握った。

「……う、うん」

平静なふりをしていても、心臓はバクバクしている。

(うわぁ……っ。天真と手を繋《つな》ぐなんて、いつぶりだろう)

ものすごく久しぶりの、ふれあいだった。

さっき猫カフェで番になってと頼んで玉砕。でも、今はこうやって手を差し出してくれる。そんな反応に、月雪の心は乱れっぱなしだ。

(天真は少しぐらいなら、ぼくのこと好きでいてくれるのかな)

(だって小さい頃は一緒のベッドで寝たし。お風呂だって一緒だったし)

そこまで考えて悲しくなる。

……天真は、ぼくが番を見つけられないままヒートを迎えても、平気なのかな。

オメガはみんな、ヒートに備えて番を見つけている。相手がいないオメガは色情狂のようになって、相手かまわず番を作ろうとするらしい。

(好きじゃない人と番になって赤ちゃんができたら、どうしたらいいんだろう)

「月雪？」

名前を呼ばれてハッと顔を上げると、少し離れたところから類が手を振っていた。いったい、いつ別れたのだろう。

「いけない。類さんの連絡先を聞いてなかった」

戻ろうとすると、摑まれていた右手を、グッと引かれた。

「連絡先なら、私が知っている。いいから行こう」

強引に手を引かれて、歩きだされてしまった。別れを惜しむ暇もない。

「それにしても驚いたよ。こんなところで、月雪と類が話し込んでいるなんて」

「話し込むっていうか、お互いオメガに会うのが珍しかったし、それに類さんがアイソスピン保護施設にいたって聞いて、驚いちゃって」

「……そうか」

「たぶん一生、忘れられない。あそこにいたのは長くなかったけど、動物実験みたいに扱われたもん。イヤな記憶だよ」

そこまで言って、天真の顔を見た。

大好きな人。でも月雪のことは、番にできないって思っている人。

言葉にして拒まれてはいないが、受け入れてもらえない。

チクンと胸が痛んだ。今日は変な気持ちになってばかりだ。

(番にはなれない。けれど、こうやって手を繫いでいると、やっぱり嬉しい)

さっきから握られた手は、まだ繋いだまま。自分から、手を離すこともできない。

「そういえば、夕方、連絡があったが、マルの里親希望があったそうだ」

「え？」

天真にものすごく懐いている仔犬の里親話を出されて、ショックだった。

「だってマルは、天真に懐いているのに」

「人懐っこい仔だから、先方も気に入ってくれるだろう。私に懐いていたのと同じように、新しい住まいでも過ごしてくれればいいんだが」

「どうして里親募集なんかしたの？　だ、だって、あんなに仲がよかったのに」

「保護犬の全てを、飼うわけにいかないだろう。里親を希望してもらえるなら、気持ちよく送り出してやりたい」

どうして。どうして離れられるんだろう。

天真にとって犬も猫も、もしかしてぼくも保護はするけれど、それ以上の愛はないのだろうか。次の里親が見つかれば、すぐに手放せてしまえる存在なのか。

気持ちが暗くなっていく。

今まで、ずっと抱いていた彼への気持ちが揺らいでくる。

「ぼく、これからどうしよう」

「え？」

「ちっちゃい時から、天真しか見てなかったから、ほかの番なんか考えてなかった」

恨み節になってしまっている女々しさに、自己嫌悪に陥った。番を断られたのに、いつまでも絡んでいたらよくない。

でも悲しいのは。

どんなに相手が恋しくても、好きな人がいても、好きになってもらえないのだ。

「……なーんてね」

おどけた声で言って、にっこり笑う。

「嘘うそ。番を断られたのに、いつまでも粘着しているの、時間がもったいないもん。さっさと次の番の候補を見つけなくちゃ。命短し恋せよ乙女って言うし」

なんでもないように言ってのけると、天真は少し戸惑った顔をしていた。それは、昔から月雪を見る時の顔だ。

「さぁ、リルも帰ってきてくれたことだし、早く家に戻ろうよ。ぼく、お腹がペコペコなんだ。リルにもゴハンあげなくちゃ」

そう言うと天真の返事を待たず手を繋いだまま、すたすた歩き出す。その時、月雪の脳裏にまた千麻の幼い声がよみがえった。

つきゆき、いっつも、ひとり。わらっても、ひとり。

そうだ。自分は一人。笑っても泣いても苦しんでも一人。

だってオメガだから一人。

――ひとり。

□□□

「てぃらっ、てぃらっ、てぃらてぃらてぃららぁー」

千麻が、またしても謎の歌を熱唱している。ソファに座ってリルと戯れていた月雪は、顔を上げて訊いてみた。

「ちまちゃん、また、てぃらっのお歌？」

何気ない質問だったが、ぷるぷるぷるっと頭《かぶり》を振られる。

「ちあうー」

「違うの？　えー。じゃあ、なんの歌？」

その問いに千麻は、またしても険しい顔で月雪を見つめ囁いた。

「ぽぬぽぬ」

そう言うと千麻は深い溜息をつく。どうやら、大切な秘密だったらしい。

「……ぽぬぽぬかぁ」

今の歌に、ぽの字がない。だが千麻にとってこれは、ぽぬぽぬ。子供は面白い。

窓の外を見ると、ドッグランで犬たちが走り回っている。どの子も楽しそうだった。

（あとで回収の手伝いに行こう）

遊び終わった子たちを集めて、足を拭いてやる。これは数が多いからけっこうな重労働だ。なので、月雪は率先して手伝いをしていた。

茉莉花は犬たちを溺愛しているが、日焼けは絶対にできないわと断言しているので、屋外での手伝いは期待できない。

転げ回っている犬たちは、どの子も可愛い。いい家に迎えてもらいたいと思う。

（ぼくも、早く身の置きどころを見つけなくちゃなぁ）

引き取られた頃、茉莉花に言われた言葉がよみがえる。

『ここにいるのは、保健所で処分されそうになった犬と猫。それに、拾ってきた仔たちね。みんなそう。月雪ちゃんも、うちの子になりましょう』

あの言葉は嬉しかった。感動して、本当に身が震えた。

でも現実問題として、いつまでも世話になるわけにはいかない。そうだ、もう五歳児ではないのだから。

（天羽の両親は、十二年も子供を預かってもらっているのに、宮應家に挨拶にも来ない。非常識だし、恩義も感じない人たちなのか。

自分の親のことを考えると、やるせない気持ちになってくる。

『あなたは、あなたの意思で、ここにいていいのよ』

茉莉花は初対面の時に、こう言ってくれた。でもアルファと番になれなかったオメガが、いつまでも居座っていたら迷惑だろう。

「そろそろ、下の手伝いに行ってこようかな」

「う」

月雪が呟いたのと、千麻が顔を上げたのは同時だった。

「ちまちゃん、おっかない顔をして、どうしたの」

訊いても幼児は眉間に皺を寄せたままだ。

「きた」

「来たって何が？」

「あのちと。あの、おっきいちと」

幼児語でちと、と説明されたが、要するに大きな人だ。では、大きな人が来たとは、どういうことだろう。

月雪が首を傾げたその時。まるで返事のように扉がトントンッとノックされる。

「失礼いたします」

節が頭を下げて、部屋に入ってくる。

「月雪さまに、お客さまがお見えです」

「ぼくに客？　……客？」

不登校で半引きこもりの月雪には、まったく心当たりがない。友達など皆無だからだ。誰だろうと思ったその時、すぐに綺麗な顔が脳裡《のうり》を横切る。

（もしかして、類さん？）

そう思ったら曇っていた心が、急に晴れやかになった。あの人が、自分に会いに来てくれたのか。嬉しくて頬が紅潮していると、節が控えめに声をかけた。

「お客様は天羽戒《かい》さまと名乗られました。息子の月雪に会いたいと」

笑顔のまま、固まった。

天羽。忘れたいのに忘れられない、自分の苗字。そして戒は、父の名前だ。

五歳の時に別れて、一度として音信がなかった父親の名前。

どうして。なぜ。なんの用で。

月雪の本心からすると、何をしに来たと怒鳴りたい気持ちになった。しかし、応対に出てくれた節に、そんなことを言えるはずもない。

「ごめんなさい、応接室に通してもらっていい？　すぐ行くから。あと、ちまちゃんを、部屋に連れていってもらえるかな」

「……よろしゅうございますか」

長く務めている節は、月雪の家庭事情もアイソスピン保護施設に入った経緯《いきさつ》も、全て把握している。だから大丈夫かと確認してくれているのだ。

「うん、大丈夫。ちまちゃん悪いけど、部屋に行っててくれる？」

そう言って目を向けると、千麻は泣きそうな顔をしていた。

「ちまちゃん、どうしたの」

床に膝をついて視線を合わせると、幼子は小さく震えている。

「いっちゃダメ」

「え？」

「おっきいちと、ダメなの。つきゆき、また、えーンってする。いっちゃダメ」

そう言って、ポロポロ涙を零す。月雪は眉を寄せて、千麻を抱き寄せた。

「ごめんね。ぼくが昔、怖い思いをしたのが見えちゃったもんね。大丈夫。ぼくもう、大人だから。ちっちゃい時みたいにならないよ」

ぽんぽん背中を叩《たた》いて安心させようとしたが、それでもまだ幼子は涙を流す。

「おっきいちとキライ、キライ、キライ！　つきゆき、つれていっちゃう……！」

小さな身体は見えない未来を感じたのか、小さな波のように震えていた。

□□□

「失礼します」

とりあえず千麻を節に預け、応接室の扉をノックしてから開く。

ソファに座っていたのは、記憶よりもずっと小さい、老けた男だった。

「月雪、久しぶりだな」

いきなり呼び捨てにされるのが、ものすごく気持ち悪い。父親だから子供を呼び捨てにするのは当然なのに、カチンとくる。

(馴れ馴れしい。嫌な感じ。なんなの、この人)

湧き起こるのは、ただただ、怒り。

幼かった月雪に思いきり暴言を吐いた男に、呼び捨てされると腹が立つ。

絶対に、何があろうと絶対に、お父さんなんて呼ぶものか。月雪が、そう決意を新たにすると、刺々《とげとげ》しい声で挨拶をする。

「ご無沙汰いたしております。それで、ご用件はなんでしょう」

この慇懃《いんぎん》無礼《ぶれい》な対応は予想外だったらしく、戒は戸惑った表情を見せた。

「父親が息子に会いに来たんだ。用件なんか必要ないだろう」

「十二年も他人に預けっぱなしで、今さら息子？　納得いきません。あなたがすることは、まず宮應家の方々へのお礼と謝罪です」

「お礼はともかく、謝罪ってなんのことだ」

「なんの見返りも求めずオメガを引き取り、衣食住の全てを賄《まかな》ってくださったお礼と、一度も挨拶せず、捨て置いた我が子の面倒を見させた謝罪をしてください」

正論しかない月雪の言葉に、戒は言葉がなかったようだ。

（砕いて言わないとわからないなんて、情けない）

そんな月雪の心情がわからないのか、戒はポツンと呟いた。

「おれは、歓迎されていないんだな」

そう言われても、月雪は自分の対応に反省などしなかった。むしろ、この状況で歓迎されると思っているのか。月雪はあ然としてしまった。

「理由も説明せず十二年も放置するって、どうなんですか」

口を開けば開くほど、怒りしか湧いてこない。しかし。

「もう少し家族のことを思いやれないのか。もう大人になろうって年齢だろう」

返ってきたのは呆れ果てる反論だ。もう、これ以上の話は無駄だと思った。

「あの、用事がないのなら、もう帰ってください」

そう言うと戒は慌てたような表情になる。

「いや。今日は折り入って、お前に話があるんだ」

そんなことを言われたら、嫌な予感しかしない。

そもそも絶縁も同然の息子に、今さら何を折り入るというのか。

「……じゃあ、そのお話を、手早くどうぞ」

「突っかかるなよ。実は借金があって、返済で困っているんだ」

その話が始まった瞬間、月雪は天を仰ぎたくなった。

(なんてわかりやすい人なんだろう)

「そんなことを言われても、お金なんか持ってませんし、宮應家に借金を頼むなんて絶対にできません。そんなことをしたら、ぼく天羽から離籍します」

毅然《きぜん》と言い放つと、戒は困ったようだ。

「それは、もちろんわかっている。いや、金の無心じゃない。実はな、お前の番が決まっていないなら、耳寄りな話があるから相談に来たんだ」

さらに言われて、呆れるを通り越し、悲しくなってくる。

「ぼくの番と借金が、どうリンクするのでしょう」

つとめて感情を出さないように、囁くような声を出す。

「月雪に、ぜひ紹介したいアルファがいるんだ」

明るい声で言われ、抱いた思いはひとつ。

（誰かこの勘違い野郎を、外に連れ出してくれないかな）

外に放り出されて、行きずりの誰かにボコボコにされて、蹴っ飛ばされる。そしてゴミクズみたいにポイされたら、すごく気分がいいだろう。

昏い想像をすると、少しだけ気が晴れる。でも、怒りが収まるわけもなかった。

内心で思っていることは、もちろん顔に出ていた。ただし、どんどん無表情になっていくのが、自分でもわかった。

『おっきいちとキライ、キライ、キライ！　つきゆき、つれていっちゃう……！』

千麻の声がよみがえる。

かわいそうに。こんな奴のことで、あの子を怖がらせてしまった。

もう、この男を早く追い出して、千麻を慰めに行きたい。怖がらせてゴメンね、あいつは帰ったよ。もう大丈夫って。そう言って頰にキスして、抱きしめてあげたい。

それから。それから天真に甘えたかった。

天真、聞いてよ。あいつが来たんだ。イヤだった。気持ち悪かった。

そう言って泣いて寄りかかって、慰めてもらいたかった。番になることはできなくても、きっと甘えるのは許されるはず。

「先ほども言いましたが、ぼくは、ただの未成年です。だから、いい話なんて言われても、胡散臭《うさんくさ》すぎて引いちゃいます。もう、お帰りください」

そう言って話を終わらせようとした月雪の手を、戒は摑《つか》んだ。

「まぁ、待て。お前に損はさせない話なんだよ」

おもねるような表情で言われたけれど、こういう時に出るいい話が、本当によかったことがないことぐらい、引きこもりの月雪にもわかっていた。

「取引先に中東に住む大富豪のアルファがいるんだ。その彼が、無類のオリエンタル好きでね。彼は日本人のオメガと番になりたがっているんだ」

だんだん先が読めてきた。きっとその大富豪は、日本人の番を欲しがっている。

「俺の息子がオメガだと知って、ぜひ紹介してくれないかと言われた」

――ほらね、やっぱり。

あんまりにも予想内すぎて、溜息が出てしまった。

アイソスピン保護施設に放り込んで宮應家に引き取られてから、一度も面会にも来なかったし、様子を見に来ることもなかった。それが親なんだろうか。

「それで、ぼくのことを思い出しましたか。うちにちょうどいいオメガがいるぞって」

もっともな言及に、戒は冷や汗を浮かべている。それを見て、月雪は意地悪な気持ちしか浮かんでこない。

（この人は、本当に父親としてダメなんだなぁ）

「その大富豪に、いくら積まれたんですか」

直球で訊いてやると、さすがに黙ってしまった。

（焦《あせ》れ焦れ）

意地の悪い気持ちになってくる。月雪は追いつめる言葉で畳みかけた。

「十二年も前に捨てたオメガに会いに来るぐらいだから、多額の謝礼ですね」

戒の顔が、どんどんこわばっている。月雪は自分の察しのよさが嫌になった。

「積まれるというか、確かに結納金が出るが」

「そのお金は、ぼくが貰《もら》うわけじゃない。あなたが独り占めするのでしょう?」

「いや、それは」

「その金と引き換えに、ぼくは売られる。顔も知らない男の子供を産むために」

言葉にしたとたん、なぜか目頭が熱くなる。

ひどい。本当にひどすぎる。これって、親のやることか。

オメガだから、何をしてもいいってわけじゃない。オメガは、アルファの子供を産む道具じゃないんだ。

そんな気持ちで、じっと戒を睨みつけた。そうすると彼は慌て始める。

「い、いや。確かに金の話は出た。だが、お前もまだ学生だし、遣う当てがないなら、活用させてほしいと思っただけだ。それに番もいないのなら、その富豪と会ってみたらどうだ。もう十八歳になるんだ。番は必要だろう」

このあたりで、月雪の我慢の限界が来た。

(放ったらかしで、いきなり番の話とか金の話とか、デリカシーがなさすぎる)

十二年も音信不通だったくせに、なにが番は必要だろう、だ。そんな時だけ親ヅラするなと、大声で怒鳴り散らしたかった。しかし。

「最近、美沙子《みさこ》も体調を崩していて、パートにも出られなくなったんだ」

ピクッと指先が震えた。美沙子は、月雪の母親の名前だったからだ。

オメガの子供のせいで、生き甲斐《いがい》にしていた仕事を辞めざる得なくなって、追いつめられた母。それでも、お風呂には一緒に入ってくれた人。

客観的に見ても若かったのに、ものすごく老け込んでいる。この家に来て、茉莉花と年齢が変わらないとわかり愕然とした。

オメガの子供がいることを、周囲から責められた母。その心労から、肌は艶がなくなり、髪もパサパサだった。

美容室に行く金銭的な余裕がなくなった。髪なんか、一つに結ぶしかなかった。いつも同じ服を着ていた。裾や袖口がほつれていたのを、憶えている。

(お母さん……)

一緒に暮らしていた時、ママと呼んでいた。でも、だんだん返事をしてくれなくなって、最後のほうでは「うるさい」と怒られたぐらいだ。

いい思い出なんかない。それなのに、どうして嫌いになれないのだろう。

「美沙子の病院の費用もかかるし、おれの仕事は景気が悪いし」

戒の愚痴は続いたが、どうでもよくなって半分ぐらい聞いていなかった。

ただ母親の病院と言われ、心がみっしりと重くなる。それに消沈している父親の姿は、子供として気分がいいものではない。

(こんなに小さな人だっけ)

子供の頃は、ただただ巨大だった。その大きな男が大声で怒鳴っている姿は、恐ろしい以外の何ものでもなかったのに。

まだ働き盛りと言われる年齢なのに、生活苦が、ここまで老け込ませたのか。

「とりあえず、今日は帰ってください」

「月雪、もうほかに頼るところがないんだ」

弱っている姿をさらして、良心の呵責《かしやく》に訴えようとする、あざといやり方。

(知るかって言って、蹴っ飛ばしたらスカッとするだろうなぁ)

戒だって年寄りじゃない。人を頼らず自分が働けと言いたかった。でも。

――――でも。

母が体調を崩しているとか、パートにも出られなくなったとか、あげく通院費がかかるとか聞くと、情けなくなってくる。子供が母親を見捨てていいわけがない。でも。

でも、そうしたら五歳で見捨てられた、小さな月雪の気持ちはどうなるのだろう。

「聞いてくれ。施設に預けることに、おれは積極的だった。正直、近所の奴らから迫害されて疲れ切っていたし、お前も危険だと思ったから、保護してもらうつもりだったんだ。お前を施設に避難させたとたん、近所からの攻撃が消えてホッとした」

とつぜん本音かと睨みつけたが、戒は話を止めなかった。

「でも、でもな。美沙子はお前を預けることに反対していた。金なら自分が、水商売で働くとまで言って、最後まで反対していたんだ」

「十二年もの間、一度も会いに来なかったくせに、よく言う……」

「美沙子は何度も、この家の前に来たらしい」

「は？」

「美沙子は、ここに何度も来たんだ。だが立派な門構えと屋敷を見て、気後れしちまった。我が子を手放した自分が、今さら会えないって言っていた」

その言葉を聞いて、懐かしい人の顔が過る。

地味で凡庸で疲れ果てていた女の人。でも、お風呂に一緒に入ってくれた。子供がオメガだったせいで、大切なものを奪われてしまった月雪の母親。

誰が悪いのか。オメガの子を産んだ母親か。それとも施設行きを決めた父親か。

いいや、オメガに生まれた自分自身が、いちばん悪い。

悪いのは自分。ジブン。じぶん。

「……こっちから連絡するから、今日は帰ってください」

「月雪？」

「帰ってください」

「美沙子は悪くないんだ。悪いのは全部おれで」

「うるさい……っ」

叫んだつもりだった。でも、かすれた声だったから、迫力なんてゼロだ。

「うるさい、うるさいっ。帰れ！」

ふだん出したことがない、ひどい声だ。まるで泣いているみたいだった。

5

気がつくと、視界から戒は消えていた。

どうやらおとなしく退散したらしい。ぐったりしたが、なんとか身体を起こしてノロノロ動き出す。さっき泣いていた千麻が気にかかる。

早くあの子を抱きしめよう。それとリルも。十七匹もいる犬と猫も。ぜんぶ。

柔らかくて温かくて小さなものを、ギューッとしたい。カサカサのガッサガサに荒れた心は、ふわふわに触れて癒されたかった。

——天真に会いたいなぁ。

やるせない気持ちで思うことは、ただ一つ。

自分を拒んだあの人に会いたい。そして、強く、強く、抱きしめてほしい。

弱い心が嫌になるが、それでも考えられることは一つだった。

天真に会いたい。子供の頃みたいに、抱っこしてもらいたい。それも駄目なら、またカプセルトイで遊びたい。希望と自由で煌《きら》めいた、あの光が満ちる空間で。

あの玩具の森で、無邪気に遊び回りたい。

誰もが好き勝手なことをして、誰もが自分なんかに干渉しない自由な世界。

「でも、無理かぁ」

自分はもう幼児ではないし、天真にも番を断られた。そして大金を必要とする父親と、病身の母がいる。

誰にも縛られない、ただの子供でいていいはずなのに、気づけば、なんと手かせ足かせの多いことか。

フリーダムなんて、夢だった。

オメガという束縛から解き放たれたつもりだったけど、けっきょく自分はオメガで、それ以上のものにはなれない。

「……でも、捨てられたわけじゃなかったんだ」

そんなことで、十二年の空白が埋まるわけがない。

だけど捨てられていなかったのならば、心の深い闇の中にうずくまっている五歳の月雪が、ほんの少しだけ救われた気がする。

戒の言葉を丸飲みしたくない。だが、それでも実の父親だし、何より母のことがある。見捨てるわけにはいかない。そう思ったその時。

トントントンッ。考え込んでいた月雪は、軽いノックの音で顔を上げた。

扉が開くと、顔を見せたのは茉莉花と千麻だ。

「入っていいかしら」

返事をする前に千麻が中に入ってきて、ソファに腰をかけた月雪の太腿にギューッとしがみついた。

「つきゆきっ」

小さい子だけど、力は強い。ぎゅうぎゅう締めつけられて、思わず笑った。

千麻は泣きはらした目をしていた。

「ちま、さっきは、ありがとうね」

「おかぁーり」

幼児語で言うところの、おかえり。でも何がどう、おかえりなのだろう。

「お帰りって？　ぼく、ずっと家にいたよ。引きこもりなんだから」

笑って言っても、答えようとしない。茉莉花も困ったような顔をする。

「サイレンみたいに泣いていたのよ。月雪が、どこかに行っちゃうって」

今日は確か、音楽会だったはずの茉莉花が家にいたのが不思議だ。

「今日、出かける予定じゃなかったの？」

「まぁね。でも節が困り果てるほど、ちまが怖がっていたから。置いておくわけにいかないしね。たまにはいいでしょう？」

優しいことを言いながら、部屋の中に入り月雪の隣に座る。

「聞いたわ。お父さまが、いらしていたんでしょう?」

「はい。さっき帰ったみたいです。ぼく、頭に血が上っちゃって、最後はまともに話ができなくて。……でも父は予想外に老けていて、微妙な感じになりました」

「微妙な感じ。わかるわ、それ」

茉莉花は、いたずらっ子のように囁いた。

彼女は隣に座る月雪と千麻の髪に触れると、優しい笑みを浮かべた。

「何を言われたか知らないけど、あなたは自由よ。親に従う理由なんかないわ」

「はい」

お嬢さまで綺麗で優美なのに、茉莉花はケンカ上等みたいなところがある。

「理不尽を許しちゃ駄目。年を取れば、自分を殺すことを覚えるわ。でもね、殺されることを認めちゃ駄目。何か無茶を言われたら、私か天真か、お父さまに相談して」

殺されることを認める。その一言が、胸に響いた。そう、自分は諦観《ていかん》の境地に陥るのが早すぎるからだ。

だって、だってオメガだから。

オメガだから、父親は外国の金持ちに息子を売ろうとした。オメガだから、親に見捨てられていた。オメガだから、犯罪者のように陰口を叩かれる。

オメガは発情期が来るから。オメガはヒートで狂って男をたらし込むから。だからオメガは、親の言うことに文句が言えない。

父がそう思っているように月雪は感じ、またしても悲しくなってくる。

ただ自分の好きな人と、結ばれたいだけなのに。そうじゃないと横から口出しされているみたいな、気持ちの悪さ。

そして何より、病院に通っている母のことが気にかかった。

「失礼いたします」

ノックの後に扉が開き、節が入ってくる。

「茉莉花さま、天真さまがお帰りになりました」

「あら、出かけていたのね。知らなかったわ」

放任主義な母の言葉に月雪は少し笑ったが、節は表情を変えなかった。

「はい。甲賀さまとおっしゃるご友人をお連れになって、お戻りです」

甲賀。その名前にハッとなる。類だ。

類に会いたいと思っていた。でも彼は、天真の番なのかもしれない。それなら呑気に、話がしたいとか思う場合じゃないかもしれない。

「天真が友達を連れてくるなんて……。もしかして」

茉莉花にしては珍しい、思わせぶりな言葉に首を傾げた。すると月雪の様子に気づいた彼女は、笑いながらこう言ったのだ。

「もしかすると、番の候補かなって思ったの。あの子もいい年になったのに、一向にそんな話をしないし、親としては気にもなるわ。月雪ちゃんだって、そう思うでしょう？」

天真の番。

悪気も他意もまったくない、息子を心配する親心だけど、今の月雪には痛い。

「ど、どうかなぁ」

「私としては、月雪ちゃんが天真の番になってくれればと思っていたの」

核心を突く言葉に、心臓が止まりそうになる。だが彼女は、自分と天真のことを知らないのだ。もうこうなると泣きたくなった。

(ぼくは天真に振られたって言いたいけど、そんなの言ってもしょうがないよね)

「番になれるか、なれないか。相性もあるでしょう。これぱっかりは、本人たちの気持ちですものね。どんなに仲がよくても、子供を作るとなるとまた別だし」

「う、うん。ぼく、ちょっと挨拶に行ってくるね」

ぐさぐさ刺さることを言う茉莉花に断って、席を立った。すると千麻も一緒についてくる。どうやら月雪と離れるのが、不安なようだ。

「千麻も来る？　知り合いの人に挨拶をしに行くんだけど」

そう訊くと、こっくり頷いた。

二階の端にある天真の部屋に行ってノックすると、すぐに返事があり天真が扉を開けてくれた。顔を見られて胸がキューっとする。

「どうした？」

「来客中にごめんなさい。類さんが見えているって聞いて、挨拶したいと思って」

そう話をしていると、天真の肩越しに端整な顔立ちをした人が、月雪に向かって手を振ってくれていた。

「類さん、お久しぶりです」

会ったのは、つい最近なのに、間の抜けた挨拶だ。でも彼は変な顔もせず、頷いた。

「ぼくも今日、月雪さんとまたお会いできるかなって、期待していたんですよ」

柔らかく優しい声に迎えられて、ホッとする。複雑な心境ではあるが、彼と話をするのは、やはり心が浮き立つ気がする。

「月雪、まだこちらの話が終わっていないから、座っていなさい。ちま、きみもだ」

「あい」

千麻は聞きわけよく、頷いた。そして、じっと類を見つめる。

「おにぃちゃ」

自分が呼ばれたことに気づいた類が、にっこり笑って千麻を見た。

「はい、なんですか。かわいい子ちゃん」

にこにこ笑って話しかける類に、千麻はハッキリした声で言った。

「おにぃちゃ。あかちゃ、いる」

「え？」

そう言うと、類はハッとしたように自分の首筋を押さえた。番を持ったオメガが、印を刻まれる個所。アルファに噛まれた、番の証。

「あかちゃ、って赤ちゃん？　ど、どうして、ぼくに赤ちゃん？」

「ちま、わかるの」

うろたえている類に、千麻は神妙な顔をした。

「ちっちゃい、あかちゃ。おなかのなか、ねんねしてる」

「天真、この子はいったい何を」

「ちまは不思議な能力がある。私は実際に見たわけじゃないが、過去や未来の映像が見えるらしい。月雪、そうだったな？」

「う、うん。ちまちゃん、子供の頃のぼくを視《み》たことがあった。本当に昔の、誰にも言ったことがない思い出を話し始めたことがあって……」

『ちっちゃい、つきゆき、おふろのなかにいる。おっきいちと、こわい、の』

あの時、いきなり言い当てられた過去のことを思い出す。千麻は確かに、不思議な能力がある子だ。では、類のお腹にいる赤ちゃんというのは。

「ちまの言うことは、間違っていないと思う。ちまは、アルファだよ」

月雪がそう断言すると、ちまは「う！」と力強く頷いた。

「月雪がそう言うなら、信用できる」

天真はそう言うと、類に向き直った。

「きみに自覚症状がなくても、もしかすると本当に可能性があるかもしれない。あの夜、ヒートを起こしただろう」

その一言を聞いたとたん、類は天真の胸にしがみついた。抱きつかれても彼は慌てることなく、類を力強く抱きしめる。月雪はその二人を呆然と見つめた。

「天真、天真！　赤ちゃんだって。ぼくの赤ちゃん！　あの時の子だよ、間違いない！　天真がいてくれた、あの夜のヒートだ！」

「類。すぐに病院に行こう」

「月雪くん。せっかく来てくれたのに、ごめんね！　また連絡するから」

類は早口でそう言うと天真と二人で、バタバタと部屋を出ていった。窓に近寄ってみると、ちょうど天真と類が玄関から姿を見せたところだ。これは。これはいったい。

『あの時の子だよ、天真がいてくれた、あの夜のヒートだ！』

頭の中がガンガンする。立っているのが、つらい。――つらい。

「……ちまちゃん、ゴメンね」

「う？」

「節さんのお手伝いしてくれる？　もうじき、お夕飯で忙しくなるから。ね？」

「つきゆき、は？」

「ぼくは部屋で、勉強をしなくちゃいけないんだ。一人で節さんのところへ行ける？」

そう訊くと幼子は、こっくり頷いた。いつもと様子が違う月雪に気づかなかったのか、千麻はおとなしく言うことを聞いて、とてとて歩いて部屋から出ていった。

その後ろ姿を見送った後、窓に近寄った。ちょうど天真の車が出ていくのが見える。

彼らを乗せた車が消えるまで、ずっと月雪は窓辺に佇《たたず》んでいた。

どうしてか涙が出てこない。こんな時は、泣くのが定石なのに泣けない。

「あれー……？」

情緒がない。感情がない。気持ちがない。想いもない。

ないないないづくし。ないづくし。

「やっぱり、ぼくは、駄目なんだなぁ」

そう呟いたら、おかしくなった。

悲しいのに、苦しいのに、つらいのに、おかしい。

どういうわけか月雪の唇の両端は、微笑むように持ち上がっていた。

天真と類が病院へ行ったのを見送った後、一人になりたかった月雪は内線電話をかけて、ちょっと眠いから休む。夕飯はいりませんと言った。内線に出てくれた節は心配し、『お加減が悪いのでしたら、伺います』と言った。

「ううん、ただの寝不足。心配しないで。ちまをお願いします」

そう言うと納得してくれたので、電話を切る。そっとしておいてくれたのが、ありがたかった。とにかく、一人でいたかったのだ。

『あの時の子だよ、天真がいてくれた、あの夜のヒートだ!』

類の嬉しそうな声が、頭の中でくり返される。敬語で、ゆったりと話す彼。その人が、紅潮した頬で興奮していた。

子供。赤ちゃん。赤ちゃん。……天真の、赤ちゃん。

天真のいた夜にヒート。ヒート。ヒートが。

発情したオメガは理性を失い、とにかく傍にいる男と接合しようとすると学校で訊いた。理性が吹き飛ぶから、パートナーを定めておくのが最善と言われていた。

毛布に包まっていた月雪は、もそもそ起き出して大きな溜息をつく。天真が帰っているのか、いないのか。それさえも部屋の中にいたら、わかるはずがない。

彼の帰宅なんか、どうでもいい。

もう、何もかもが、どうでもよかった。

『違うだろう』

あの言葉の意味が、ようやくわかった。

天真と類は番になっていたのだ。

だから、どんなに望んでも、月雪と番になれるはずがない。自分が割り込める隙間なんかなかった。割り込むどころか、そもそも相手にもされていない。

番を断られたから、諦めなくてはと頑張っていた。平常心で、彼に接してきた。

だけど、こんな現実を見せつけられるなんて、あんまりだ。

悲しい。それなのに、涙が出てこない。

自分が泣けないのは、オメガのせいだからか。オメガだから、感情がないのか。

ベッドの上で毛布を引き寄せて、蟲《むし》のように丸くなる。

確か、そんな小説を読んだことがあった。朝に起きたら、巨大な毒蟲になっている話。

家族からも友人からも恋人からも疎まれて、蟲はけっきょく――――。

自分も同じ。蟲と同じ。

誰にも愛されない。好きになっても、空回り。好きになった相手には最愛の人がいて、自分なんか見てもらえない。

オメガだからじゃない。だってオメガの類は、好きな人と結ばれた。幸福にしてくれる、大切な相手だ。では自分が駄目なのは、オメガだからじゃない。

天羽月雪という人間だから。駄目で、誰にも必要とされず、いらない存在なのだ。

悲観して身体を丸めたその時。軽いノックの音がした。

無視していたけれど、執拗《しつよう》にノックの音は続く。そのしつこさに、これは千麻だと思い至った。あの心配性の甘ったれが、トントンしているのだ。

あの子に会いたい。柔らかくてミルクとお菓子の匂いがする幼子を、力いっぱい抱きしめたい。そうしたら蟲みたいな自分でも、少しは普通になれる。

のろのろ起き上がり、ロックを外す。すると、扉が向こうから開いた。

「月雪、大丈夫か」

開いた向こう側には、予想外の人物が立っていた。天真だ。

どうして彼が、ここにいるのだろう。天真は類と病院に行って、お医者さんから嬉しいニュースを聞いているはずなのに。

「天真、類さんは」

「類なら病院の受診が終わって、家まで送り届けた」

「あ、あの、赤ちゃんは、どうなったの」

一瞬の間があったが、天真は力強く頷いた。

――できていた。

本当なら、ここでおめでとうって言うべきなのに、言葉が出ない。そして、天真もそのことについて、掘り下げようとしなかった。

「それより、月雪の調子が悪いと千麻が電話で言ってきたから、慌てて帰ってきたんだ」

ちょっと驚いた。大切な番に赤ん坊ができたのに、月雪の体調が優先だなんて。

そんなふうに言われると、変な誤解をするのに。月雪のほうが類より大切なのかと、くだらないことを訊いてしまいそうだ。

そんなことが、あるわけないのに。

「ち、ちまちゃんが電話って？」

急に恥ずかしくなって、話題を変えた。三歳児に電話をかけるなんて技が、あるわけない。誰を巻き込んだのかと思っていたら、謎はすぐ解けてしまった。

「電話をかけてきたのは節さんだ。千麻はね、『つきゆき、ないてるの』って言っていた。すまない、帰るのが遅くなった」

そう言われて、ばつが悪くなる。自分は父親相手に声を荒らげ、あげく追い返して、その後はふて寝。千麻よりも子供だ。

（だめだめ。笑おう。ここで弱音は吐いちゃ駄目）

さっき父親と話をした時に思ったのは、天真に愚痴って、甘やかしてもらうことだった。でも、それももうできない。

だって天真は、もう類さんの番。自分だけの天真じゃないのだから。

笑顔を浮かべ、なんでもないといった顔をしてみせる。

「ちまちゃん、何か誤解しているよ。ぼく、泣いてなんかないし。ちょっと寝不足だったから、夕飯パスして寝ていただけ」

明るい声で言ったが、天真の眉間には皺が寄っている。怖い顔だ。仕方がないので、さらに明るい声を出してみせる。

「天真は騙《だま》されたんだよ。三歳ぐらいの子って、知恵が回るね」

そうやり過ごそうとしたが、いきなり腕を摑まれた。

「きみは嘘をついている」

彼はそう言うと、月雪を引き寄せ、強く抱きしめた。

「天真……」

「ちまが、大きいおじさんが月雪に会いに来て、すごくイヤだったと言っていた。だから、節さんにも訊いた。天羽が家に来たそうだな」

いきなり今日の出来事を言い当てられて、浮かべていた笑顔が凍りつく。

「言いなさい。天羽は、何をしにこの家に来た。音信不通になって、何年だと思っているんだ。そんな非常識な男が、いったい何をしに来た」

凜《りん》とした声で問いただされて、もう隠せないと覚悟を決めた。

「お、おとうさん、が」

月雪は催眠術にかかったように、訥々《とつとつ》としゃべりはじめる。

言葉は出たが、千麻みたいな話し方になってしまった。だが天真は茶化したりせず、黙って先を促す。

「おとうさん、イヤだった。……すごくイヤだった」

「うん」

「あ、あいつ、馴れ馴れしく当たり前の顔で、親が子供に会いに来ることの、何がおかしいって言って。気持ち悪かった。蹴飛ばしたいぐらいだった……っ」

乱暴なことを言ってしまったが、話し終えると大きな溜息が洩れる。声に出してしまうと、汚いものが零れ落ちたみたいだ。

天真が聞いてくれたから、吐露《とろ》したことで気持ちが収まった。

しかし父親への恨み節だけでなく、もっと大切なことがあったと思い出す。身体を壊してしまった母親のことだ。

「お母さんが病気で通院しているって聞いたら、言いたいことが言えなかった。病気って聞いたら、もうわけがわかんなくなっちゃって」

荒波のようだった心が、静かに凪《な》いでいく。

頭の中で『離れろ、離れろ』とか、『人の番だぞ』と、誰かが大声で喚《わめ》いている。

でも。

天真の腕は心地よい。それは、あの五歳の頃、アイソスピン保護施設で会った時と何も変わらない。この人の胸の中は、なぜこれほど心地よいのか。

「よく頑張った。怖かったろう」

力強い大きな掌に引き寄せられ、硬い胸板に抱きしめられる。

頭の中が沸騰《ふっとう》しそうだ。シャツ越しに、体温が伝わってきた。天真の熱。大好きな人の温もり。そう思った瞬間、胸が痛くなる。

「今まで音信不通だったのに、急に訪ねてきて月雪を不安にさせることを言うなんて、親としてどうかしている。生活費で困っているなら生活保護の相談をするとか、やるべきことがあるだろう。十代の子供に頼るなんて」

そう言われて、頷くしかなかった。

「ほかに、何か無茶なことを言われたり、暴れたりしなかったか」

天真は、心配性の片鱗《へんりん》を見せてくる。その彼に、中東に住む大富豪アルファのことが、なぜか言えなかった。

ふいに、天真とガチャをしたあの日に戻りたいと思った。無邪気に笑って、好きなだけこの人の腕を独占できるのに。

「嫌なことがあれば、私に言いなさい。心に溜め込んでは駄目だ」

溜め込んでは駄目。嫌なことがあれば天真に言っていい。

——言って、いいのか。

この人は類の番。子供もできた。自分なんか、求められてない。でも。でも。

「……天真が誰かと番になるのを見るのは、つらい」

何を言い出すのかと月雪自身が驚いたが、言葉は止まらない。

「ずっと天真が好きだった。天真と番になりたかった。番でなくても、子供って作れるんだよね。だったら天真の赤ちゃんが欲しい。一回でいい、ぼくと……っ」

口走ったのは思いつきじゃない。そうだ、一回で赤ん坊ができるかどうかわからないけど、でも可能性がないわけじゃない。

一回でいい。一回でいいから天真と……っ。

「月雪、ヒートでない時に抱いても、オメガに赤ん坊はできない」

絶望的なことを言われて、瞳を瞬いた。

「え」

「オメガの受精は、ヒートでなければ成立しないんだ」

まだ発情したことがない月雪は、その知識がなかった。ガシャガシャ物が壊れるような音が、心の奥底で響く。

さらに天真は話を続けた。

「私に一回抱かれたところで、赤ん坊は授かれない可能性が高いだろう。しかもオメガは自分から番の解消ができない。それゆえに一度でも交渉を持つと、もう誰とも番になれない」

「じゃ、じゃあ……」

あまりに惨酷《ざんこく》な理《ことわり》に、言葉が出てこない。

真っ青になっている月雪を見て、天真は容赦なく続けた。

「たった一度の思い出のために、これから誰とも番になれず子供も産めない、孤独な人生を選ぶのはバカげている。よく考えなさい」

絶望のあまり、叫び出しそうになった。

この恋心は成就しない。しても、残るのは孤独な人生だけ。

「だめ……、なの？」

泣くかと思ったのに涙が出ない。

涙腺も何もかもが、壊れたみたいだった。

ヒートがいつ来るのか、それは個人差。明日かもしれないし、来年か十年後か。

彼は混乱している月雪から、目を逸《そ》らしたままだ。天真は、本当に自分のことが不快になったのかもしれない。

アイソスピン保護施設で出会って、ずっとずっと一緒にいた。彼のことしか見ていなかった。でもそれは、ただの片思い。

成就なんかしない、子供の憧れにすぎない。

「天真、キスして」

月雪から零れ落ちたのは、自分でも予想していなかった一言だ。番でないオメガとアルファが、くちづけをするなんて考えられない。

なぜ、こんなことを口走ったのだと、背筋が凍る。

「キスしてくれたら天真のことは、もう諦める。もう追いかけない。……もう、絶対に迷惑をかけない。だから」

そう呟くと天真は、しばらく無言だった。

それでも月雪の細い顎を右手で持ち上げると、キスをしようと唇を近づける。

その時。月雪は両手で天真の肩を突っぱり、彼の身体を遠ざけた。

突然の行動に、天真は小首を傾げている。当然だ。誘ったのは月雪なのに。

「どうした？」

「同情なんかいらないっ」

唇から零れたのは怒りに満ちた声だった。

「ぼくのことを好きじゃないくせに。番になるのは違うって言ったくせに、それなのに、どうしてキスできるの！」

泣きたい。

怒りをぶち撒ければ撒くほど惨めで、身体がポロポロ崩れていくみたいだ。

自分から「キスしてくれれば諦める」と言っておきながら、結局は未練タラタラで、あげくの果てには八つ当たり。

キスなんかで、諦められるわけがないとわかっていたからだ。

(どれぐらい、天真が好きだったと思っているんだよ)

厄介払いのように、ためらいもなくくちづけようとした彼に、怒りが湧く。

どうせ天真に好かれない。天羽月雪なんて、やはり汚い毒蟲だ。オメガだろうとなかろうと、そんなの関係ない。

天真は自分なんか、見てもいない

同情という気持ちでしか、自分は彼を惹きつけられなかった。

保護施設で初めて出会った時も、ガチャをしてくれたのも、この家に連れてきてくれたのも、ぜんぶ同情からだ。

同情。それは愛情じゃない。憐《あわ》れんでいるだけ。愛してくれているわけない。

どうして彼と番になれるなんて、考えたのだろう。

恥ずかしくて悲しくて、どうにかなりそうだった。

「もういい。出ていって。もう話しかけないで」

ワガママ三昧で毛布を引き寄せると、頭からかぶる。呆れて嫌われたいと思った。それ以上に、消えてなくなりたいとも思う。

しばらく部屋の中は無音になった。いつの間に天真は部屋を出たのだろう。そう思っていると、毛布の上から頭を撫でられた。

「――――おやすみ」

穏やかな声の後、扉が閉まる音がした。

ようやく毛布から顔を出して、部屋の中を見回す。部屋の中は無人だった。

(同情から優しくされるなんて、惨めだ……)

元凶が自分なのは、もちろん気づいている。でも悲しい。とても、やりきれない。

(類さんとは、きっと愛情を確かめ合うキス、愛し合うキス、慈しみのキスをしているんだろう。でも、ぼくにしてくれようとしたキスは、憐れみだ)

泣けたら、楽になれるだろう。でも、できない。

自分の涙腺は枯渇《こかつ》している。類と話した時は、あれほど素直に涙を流せたのに。

「どうして、あんなことを言っちゃったんだろう」

ひどいことばかり言った。心配して来てくれた人に、思い通りにならないからといって、あんな口を利くなんて。あまりに子供じみていると顔が熱くなる。

時を戻したいと思った。子供の頃に帰りたい。でも、そんな魔法はない。お菓子を食べたら、なくなるのと同じ。言った言葉は、戻らない。

月雪はベッドの上に座ると、膝の間に顔を埋めた。もう何もかもどうでもいい。

初めて天真と出会った時、幼い月雪は泣いていた。

真っ白な壁の部屋に押し込められて、誰も口を利いてくれない毎日。痛い注射や採血、冷たい機械に身体を押しつける検査ばかり。

どの職員も憐れみと嘲笑を浮かべて、自分を見つめていた。

コイツはどこかの大金持ちに買われて、股を広げ、種を仕込まれるだけの道具。

心なんかあるわけがないでしょう。どこの世界で、ボールペンが心を持ちますか？　そこにあるハサミが、紙を切る時に涙を流したりしますか？

オメガというのは、子供を産むためだけに存在する。しかも生意気に発情して、男を誘います。そんな道具に心なんて、あるわけないでしょう。

毎日のように嘲られた。そんな惨めな日々から救ってくれた天真。子供が声を殺し泣くのが、耐えられなかったと言った天真。

素っ気ないけど、いつも月雪を見てくれた天真。

でも。

何もかも、おしまい。自分はこの家にいるべきじゃない。温かい家にいていいのは、天真が番と認めた大切なオメガと、飼い主がまだ決まらない犬と猫だけ。

自分は迷子。どこにも居場所がない、帰る家を持たない迷子。

迷子の迷子の仔猫ちゃん。

あなたのおうちは、どこだろう。

泣いてばかりいる仔猫ちゃん。でも。

泣けないのは想像を絶するほど、つらくて痛いことだった。

6

けっきょく一睡もできないまま朝を迎えてしまった。

ベッドに座ったまま窓を見ると、空が青褐色《あおかちいろ》から青鈍色《あおにびいろ》へ、そして青白橡《あおしろつるばみ》と言われる灰みのある、くすんだ色へと変わっていく。雨が降るのかもしれない。

(なんだか、ぼくの心みたいな空の色だ)

落ち込んでいると、ろくなことは考えない。今の月雪もそうだ。深い溜息をついて、カーテンを閉める。

一晩かけて考えたことを、壮一と茉莉花に言おうと思った。ちまは幼稚園だし、天真は朝から出かけているから、ちょうどいい。今さら、彼の顔を見るのがつらいからだ。

「おじいさま、茉莉花さん。ぼくね、しばらく実家に帰ろうと思う」

朝食が終わったタイミングで、同じテーブルについていた壮一と茉莉花は、飲んでいたお茶を詰まらせそうになった。

「実家?　実家というのは無責任な保護者がいる家のことか」

まず壮一が嫌悪感を露《あら》わにする。彼は十二年もの間、月雪を保護してくれた人物だ。怒りを覚えても当然だろう。昨日の来訪の件も当然、聞いているはずだ。

反対に茉莉花は無言だった。ただ、困った時に浮かべる顔をしていた。

「はい、無責任な保護者のいる家です。あ、でも、母の様子を見たいんです。通院しているって聞いたので。お許しをいただけるなら今日、これから行こうと思って」

「月雪が行きたいなら、私の許しなど必要ない。きみは、じきに十八歳になる。学校は肌に合わなかったようだが、そんなことは、どうとでもなる」

寛容すぎる言葉に、ただただ頭が下がる思いだ。初対面の印象は怖い人だったが、実際の壮一は動物と子供が大好きな好々爺《こうこうや》だった。

だが茉莉花は深刻な表情で、月雪を見つめた。

「月雪にとって、この家は不自由だったでしょう?」

「不自由って、……そんなこと、あるわけないよ」

「保護犬と猫の世話や、ちまの面倒をみるのは負担だったはずよ。月雪がは優しいし、いつもニコニコだから、私も天真も甘えすぎていたわ」

茉莉花は月雪に里心がついたと、思ったのかもしれない。

月雪は彼女の顔を、まっすぐに見つめた。

「ぼく、毎日がすごく楽しいよ。動物の世話も、ちまの面倒も。ううん、面倒だなんて思ったことないもの」

「だって、わたくしもお父さまも可愛いもの好きを、こじらせているわ。小さな頃からあなたが健気《けなげ》に笑っているのを見て、私たちがどれだけ心が豊かになったか。天真も同じことを言っているのよ」

天真の名前に、胸がチリッと痛む。

「月雪が天羽の家に行ったら、もう帰ってこなくなりそうで怖いの」

小さな声で言われて、胸を摑まれるみたいだ。

昨夜、天真に言ってほしかった言葉は、これだったのかもしれない。

「これから行くの？　天真も出かけているし、ちまだって幼稚園に行っちゃっているじゃない。今日は帰ってくるわよね？　まさか泊まるの？」

小さな子供のように言い募られて、びっくりした。

確かに様子見とはいえ、今さら親のところへ行くのは変だ。

自宅に帰ろうとしているのに『まさか』とつけるのは、月雪が父親に対して、根深い確執を抱いていることを知っているからだ。

「ん、んん。泊まるのかな。まだ、わからないけど。今夜中に帰ってこなかったら、泊まると思って。ちまと天真には、適当に言ってくれると助かります」

なんでもないことのように話したが、内心では、ずっと帰らない気がした。

壮一や茉莉花、千麻と離れるのはつらい。節とも仲良しだし、運転手の佐伯とも、ずっと親しくしてきた。保護犬や保護猫、リルのことも大切だ。

――――でも、肝心の天真が、番と幸せになるのを見ていられない。それが類という、初めて友人になりたいと思った相手だとしてもだ。

(類さんの人柄を知らないほうが、気が楽だったよね)

こんなに好きな人たちに満ちた場所から逃げて、顔も見たくない親元に行こうという自分は、おかしい。いや、おかしすぎてただのドMだ。

思わず溜息が出たけれど、未練たらたら。

こんなに後ろ髪を引かる心境なのに、まだ天真のことが気になっている。まだ、会いたいと思っているなんて。

どこまで自分は、あの人に惹きつけられているのか。

叶《かな》わない想いだと、ちゃんとわかっている。……そのはずなのに。

心は自分の言うことを、聞いてくれない気がする。

「帰る時、かならずうちに連絡をちょうだい。佐伯を向かわせるわ。約束よ」

最後まで茉莉花は心配していた。彼女もアルファ。千麻と同じく、何かを敏感に感じ取っていたのかもしれない。

「帰ってくるよ。荷物だって少ないでしょ？　家出する人の支度じゃないよ」

ホラと見せたのは、雑誌サイズのショルダーバッグに入った着替えのTシャツと下着、それに歯ブラシといった荷物だった。

「……男の子ねぇ。女の子ならこの五倍は荷物あるわよ」

「ね？　一泊ぐらいしかできないよ。これで家を出る人いると思う？」

月雪は笑顔のまま、宮應の屋敷を後にする。

戻ってくるかどうか。それが自分でもわからなく、あてどない。そんな出発だった。

□□□

「月雪！　よく戻ってきたな。さぁ、入れ入れ」

月雪がやってきたのは、東京の郊外に建つ木造アパートの一階だ。アイソスピン保護施設に引き取られる五歳まで、両親と一緒に住んでいた部屋だ。

建物自体が古いため、歪《ゆが》んでいる。そのため、サッシは閉まっても網戸は隙間ができるという状況だ。全体的に古びていて、物悲しく見える。比べてはいけないが、豪奢《ごうしゃ》な宮應家とは、天と地ほど差があった。

茶色くなった畳が敷かれた和室と台所と風呂とトイレ。これが天羽家だ。春だけど、隙間風が入れば寒いだろう。

呆然と座っていると、玄関の扉が開く。顔を見せたのは、母の美沙子だった。

「お、おかえりなさい」

小さな声で言うと、美沙子は大きく目を見開いた。

「月雪……⁉」

「あ、はい。ええと、――こんにちは」

久しぶりの再会だというのに、実に間の抜けた挨拶だった。お互いに気まずいのか、これ以上、会話が続かない。

十年以上も会っていなかった親子。しかも我が子がオメガだからという理由で、保護施設や宮應家に預けっぱなしだったのだ。

こんな関係の親子が再会して、何を話せばいいか。わからなくて当然だろう。

「何しに戻ってきたの」

口火を切ったのは美沙子だが、久しぶりに再会する母親とは思えぬ物言いだ。さすがに月雪も無言になってしまう。

父に対しては苛立ちと憎しみしかなかった。だが、母にどんな扱いを受けていても、思慕の念はある。それは理屈ではない。

動物の赤ん坊が母親を慕い、よちよち歩くのと同じだった。

「あの、具合がよくないって聞いて、それで」

尻込みをしながら必死で言うと、鋭い声が返ってくる。

「大きなお世話よ」

子供が親の心配をしているのに、この言い草。自分は、招かれざる客なのだ。

やはり十二年の溝は埋まらない。母は困ったような顔で家の中に入ってくる。しかし六畳一間の部屋の中に、両親と月雪の三人。

(この圧《あつ》は、満員電車みたい)

はっきり言って息苦しい。密着度が高すぎて、窒息しそうだった。

「病院に行くにも、資金面で大変だって聞いて気になって」

「お父さん、わざわざ宮應さんのお宅まで行って、そんなことを言ったの?」

微妙な空気が流れたことに気づかない戒が、やたらと明るい声を出す。

「親子なんだし、会いに行ってもいいじゃないか。それより、うちに帰ってきたのは番の話を考えてくれたからなんだな」

この言葉に反応したのは月雪ではなく、美沙子のほうだった。

「番の話って、なんのこと?」

「いや、お前には関係ない」

「関係ないわけないでしょう。月雪は私の子供よ」

「こんな時だけ母親ヅラするな。月雪を施設に送るのを反対しなかったくせに」

「論点をすり替えないでよ！」

どうやら父は、母に何も説明していなかったらしい。戒を詰問し始めた美沙子の様子に、月雪は居たたまれなくなって立ち上がった。

(また始まった。この声を聞くと、お腹が痛くなっちゃうんだよなぁ……)

子供の頃から、両親の言い争いを聞くと、腹痛が起こる。五歳の時から何も変わっていない。自分も、両親も。何ひとつ成長していないのだ。

しかし狭い家の中、部屋以外はトイレと浴室しか逃げ場がない。仕方がなしに、とりあえず浴室に入った。

そこは記憶に残っていた浴室より、狭い空間だった。脱衣所はなく、ドアを開けるとすぐに浴槽と洗面台がある、ユニットバスのようだった。

(こんなに狭かったっけ)

簡素な住まい。これも父のせいなのかと苛ついたが、すぐにオメガの子供がいる家庭だったから嫌な思いをしていたことを思い出す。

父親に甲斐性がないから、こんな不自由な暮らしなのだと憤っていた心が、ちりちり痛む。こんな生活を余儀なくさせたのは、オメガの自分がいたせいだ。

大きなお世話と言われてしまったが、やはり母親の顔色が気になって彼女に目を向ける。体調が思わしくないのは、本当のようだった。

溜息をつき、浴槽の中に入って膝をかかえ込む。奇妙な格好だが、この狭い空間の中でようやく落ち着けた。

『ちっちゃい、つきゆき、おふろのなかにいる。おっきいちと、こわい、の』

ふいに千麻の言葉がよみがえった。

そうだ。幼児の月雪がいつも逃げ込んでいた場所だ。この狭い家の中では、この浴槽か押し入れが月雪の隠れ場所だった。

(すごく久しぶりに、お母さんと口を利いた。ぜんぜん優しくなかったし、昔通り。いっつも苛々して、おっかない)

……でも、いつも一緒にお風呂に入ってくれて、同じ布団で寝てくれた。

母との思い出は、正直なところ厳しいものばかりだ。

オメガの子供を持ったせいで、母は望まぬ仕事、望まぬ生活を余儀なくされていた。いったい、なんのためにオメガなんて存在しているのだろう。神さまの嫌がらせとしか思えない。

寒い浴室で膝をかかえて座っているので、明るいことが考えられない。そう思っていると、薄い扉がトントン叩かれる。

「入るわよ」

顔を見せたのは、驚いたことに美沙子だ。びっくりしたが、彼女はタバコを取り出し、悠々と吸い始める。ちらりと見ると、銘柄はセブンスター。

（お母さん、タバコ吸うんだ）

宮應家でも、壮一が喫煙者だ。別に驚くことではない。だが、母親が吸っている姿を見るのは初めてだった。

「悪いわね。お父さんが吸わないから、ここで吸っているのよ」

ちっとも悪びれた様子もなく美沙子は言うと、携帯用の灰皿を使った。母親はタバコを吸い、子供は浴槽の中で膝をかかえている。シュールだ。

「う、ううん。タバコって、おいしい？」

「まずいわよ」

「……まずいのに、なんで吸うの？」

「さぁ。なぜかしら」

まずいなら吸わなければいいのにと思うが、さすが口出しはできない。

「それでお父さんは、あなたに何を言ったの」

「え？」

それで、と言いながら繋がりのない話題転換についていけず、瞬きをくり返す。そんな月雪を、美沙子は冷めた瞳で見つめていた。

「十二年も音信不通だったのに、いきなり会いに行くなんて、不自然極まりないわ。宮應さんのお宅で仲良くやっていたのに、とつぜん帰ってきた理由はなに？」

「あの」

「言いなさい。お父さんは何を吹き込んで、あなたは何を鵜呑《うの》みにしたの」

母親の顔は厳しい。父が何をどう言ったかわからないが、月雪が本当のことを言うまでは、決して退《ひ》かない気概に満ちていた。

こんな顔をした母親に睨まれて勝てる子供は、まず存在しない。

「お父さんが宮應の家にいきなり来て、いい話があるって言われた」

「いい話？」

「ぼくの番が決まっていないなら、取引先の大富豪アルファを紹介しようって言い出して。日本人のオメガを探しているんだって」

「何それ。バカみたい」

一言で片をつけ、またしても月雪の顔を見据えた。

「急に帰ってきたと思ったら、そういうことか。ロクでもないことを言って、不安を煽ったのね。で、なぜこんな脳足りんな話に引っかかったの」

ズケズケと言いたいことを言う。月雪の記憶にあった母とは、印象が違った。

記憶にあった美沙子は、オメガの子供を持ったために苦悩の連続で、いつも苛々して当たり散らす強烈な人だったと思い込んでいた。

久しぶりに再会した彼女は、刺々しさは変わらない。だがキツい言動と鋭い目つき。おまけにタバコを吸い、銘柄はセブンスターというオッサン臭さまで加わっている。

記憶と印象が、微妙にずれている。

「お母さんの病院の費用もかかるって言われて……」

「なるほど。十二年の溝を、情で埋めようっていう作戦ね」

「作戦って言い方はひどいよ。ぼくだってお母さんが心配だし」

「だからって、じきに十八歳になろうっていうのに、親に言われるまま見ず知らずのアルファの子供を産む気なの?」

憤慨しているのを見て、不思議に思った。オメガの月雪を嫌っていたのに。

「……ぼく、好きなアルファがいたんだ」

この一言に、美沙子はさらに鋭く睨みつけてくる。普段の月雪ならば、怯えて足が竦むだろう。だが、今日はただ淡々と会話を続けた。

ちゃんと話をしたかったからだ。

「でも、その人はほかのオメガと番になっちゃって。偶然だけど、相手のオメガとも会った。すごく綺麗で優しくて、魅力的な人だった」

こんな話をするつもりはなかった。でも、ぽろぽろ言葉はすべり落ちる。

「どうしても諦められなかった。だから一度でいいので番になりたいって、そのアルファに頼んだ。そうしたら、ヒートでない時に番になっても、オメガに赤ん坊はできないって言われた。オメガの受精は、ヒートでなければ成立しないって」

「そうね。アルファと関係を持ったらオメガだけ傷物にされ、二度と誰とも番うことはできない。もちろん、子供なんて夢になるわ。学校で習ったでしょう」

「……学校キライだったから、ほとんど行ってない」

「学校に行ってない？　宮應さんは何も言わないの？」

「おじいさまは月雪が嫌がるなら学校は行かなくても、どうとでもなるって言うし、茉莉花さんは、私も学校なんか行ってなかったからって言っただけかな」

脚色なしの事実を伝えると、さすがに美沙子も呆れたようだった。

「壮一さんと茉莉花さんのほうが、よっぽど月雪と親子みたいだわ」

そう言われて、思わず頷いた。自分もそう思っていた。でも。

「うん、仲がいいよ。でも、そんなに好かれてはなかったかもしれない。あとから来た子は養子になったけど、ぼくはそんな話はないし。……大事な存在じゃなかったんだよ」

いや。そうじゃない。

自分で言っておきながら、違うと顔を上げた。

天真は月雪を大切にしてくれたからこそ、抱かなかったのだ。

番になれば、オメガから番を解消できない。そして一度でも番の絆《きずな》を結んだオメガは、ほかの誰とも添うことも、子供を作ることもできない。それが理《ことわり》。

一生、一人で生きる。それが番になれなかった、オメガの運命だ。だから天真は、月雪を抱かなかった。それ以前に天真には、類がいた。

適当につまみ食いしても、誰もアルファを責めず、愚かなオメガが責められる。

「それで番を断られたあなたは後先を考えず、家出してきたってわけ？」

「家出じゃないよ。ちゃんと、ここへ行くって言って出てきたし」

強い口調の美沙子に言い返したが、虚勢《きよせい》なのはバレているだろう。

自分みたいな引っ込み思案のオメガなんて、誰も相手にしない。そのうち宮應家に類が引っ越してくるだろう。月雪の居場所はなくなる。

では父の勧める話はどうだろう。少なくとも、相手のアルファは日本人の番を求めているし、月雪のことを欲しがっているわけだ。

日本人のオメガならば、誰でもいいという浅ましい男でも、自分が必要とされている。父もお金が受け取れる。母親は治療に困らない。

いくら十二年前に見捨てられたとはいえ、親が困窮《こんきゆう》しているのに、見過ごして自分一人だけ幸福になっていいのか。

誰にも求められていない自分が、唯一できること。

「殉教者の気持ちで犠牲になられても、寝覚めが悪いわ。言っておくけど子供を売るなんてバカな真似《まね》は、私が許さないわよ」

「でも、どうせぼくなんて、行くところもないし」

「あなた、やっぱり可愛いわ」

さくっと言われた一言があまりに辛辣《しんらつ》で、思わず歯向かった。

「やっぱりって、どういう意味?」

「昔、公園にいたホームレスさんにミカンをプレゼントしたの。覚えてない?」

唐突な昔語りに首が斜めになる。なぜホームレス。そして、なぜミカン。

「……なんでそんなことしたんだろう」

「私も驚いたけどホームレスさんは、もっと驚いていたわ。ミカンの真ん中に、小さな穴が空いていたの。あとで、どうして? って訊いたら、あなたはミカンが食べたかったけど、我慢したけど限界がきて、思わず指で穴を空けちゃったたって白状したわ。でも食べたかったそのミカンをあげたの。昔からそういうところあるわよね」

「……そ、それ、いくつの時の話?」

「三歳か、四歳だったかしら」

――それは単に、食欲に支配されていただけではないだろうか。

月雪は思わず頭を抱え込んだが、美沙子は落ち込む息子に構わず、話を続けた。

「ホームレスさんは穴の空いたミカンを、嬉しそうに食べていたわよ。おいしいねって」

そう話す美沙子の声を、チャイムの音が遮った。何度もくり返し鳴らされる。根負けしたらしい戒が玄関のドアを開ける音がした。すると、大きな声がする。

「月雪！」

凛とした声は、聞き間違えることなどない。

天真。

「ちょっと！　なんですか。警察呼びますよ」

面識がないらしい戒が、大きな声を出した。それも当然だろう。だが、それよりも大きな声で反論される。

「警察？　どうぞご勝手に。それより月雪はどこだ！」

ものすごい剣幕で怒鳴っているので、丸聞こえだ。美沙子と二人で浴室の扉を開けると、そこには拳を握りしめた天真が立っている。

迫力の、仁王立ちだった。

□□□

「天真……？」

恐々と名を呼ぶと、彼はかなり険しい顔で月雪を見た。

「きみは、ここで何をしている」

実家に帰っているだけなのに、この質問はひどい。月雪は何も言えなかったが、いきなり予想外の声がした。美沙子だ。

「はじめまして。月雪の母、天羽美沙子です。失礼ですが、お名前を伺えますか」

さっきまでセブンスターをふかしていたとは思えない、落ち着いた態度だ。

「失礼しました。宮應天真と申します」

淡々とした声かけに、天真も我に返ったようだった。ちゃんと一礼してから名乗る。低くていい声だと、場違いにも月雪はうっとりしそうになる。

「月雪を引き取ってくださった、宮應さんですね」

「正確に申しますと、引き取って金銭的な面倒を見ているのは、私の祖父です。ですが月雪さんを家族と思う気持ちは皆、同じ。本日は突然お伺いして、申し訳ありません。月雪さんが、いきなり姿を消してしまったので、慌ててしまいました」

「いきなりじゃないよ。茉莉花さんに、ちゃんと断ってきたもの」

思わず訂正したが、天真は一瞥しただけだ。

「だが千麻は月雪がいないと泣き出し、パニックになり、あげく過呼吸を起こして救急車を呼ぶ羽目になった」

信じられない言葉に、目が大きく開く。

月雪の大事なあの子が、どうしてそんなことに。

「ちまが⁉　ぐ、具合はどうなの。救急車って……っ」

「処置をしてもらい、容体は安定した。今は大事を取って、入院させている。月雪がいなくなると泣き叫んでいたらしい。あの子には、不思議な能力がある。予知能力とでもいうのか、先を見る力だ。アルファには、ままあることだが」

あんな小さな子が自分を追い求めて泣き、過呼吸になるなんて。胸が痛くなる。

「その千麻が、月雪が遠くに行っちゃう、連れていかれると言って泣く。だが私たち家族は意味がわからない。月雪、きみは実家の様子を見に来ただけだろう？」

追及する眼差しで見つめられ、息が止まりそうになる。答えようとした瞬間。

「いいえ、違います」

いきなり月雪の隣に立つ美沙子が、口を挟んだ。

「天真さん、あなたはアルファですね」

「はい。おっしゃる通りです」

「そして、あなたが月雪に番になってほしいと言われて、断った方ね」

「はい」

母の言葉に、月雪は大慌てだ。

「お母さん、何を言い出しているの！」

「事実の確認をしているの。話を元に戻しましょうか。千麻さんという方の予知は、当たっています。月雪は父親の頼みで、中東の大金持ちと番になる気です」

「お母さん！」

「月雪、どういうことだ」

天真が静かに怒りを滲ませる。

「そうじゃなくて、話だけ聞こうと思って」

なぜか月雪が父親の肩を持つ格好になってしまった。それが癪《しやく》に障《さわ》るのか、天真の眉間の皺は深くなる一方だった。

「だいたい中東がどこにあるか、正確にわかっているのか。きみはパスポートも持っていない。何より、なぜ、見ず知らずのアルファと番になる！」

天真の言葉に、美沙子が苦笑する。

「悪いのは、私どもです。私が身体を壊して働けなくなり、夫も仕事が安定しない。そんな状況で番の話を持ちかけられて、夫が先走ってしまったようです」

実の親が、恩人に頭を下げる。こんな当たり前の状況なのに、戒だけは納得いかない表情を浮かべていた。

「私は単に、番がいないなら、その人と会ってみたらどうかと言っただけで……」

その反論に美沙子は、けんもほろろだ。

「あなたは悪気がない。でも番を提供して資金援助を受けるとか、私の治療費とか、筋が通っていそうで、実は思いつき。月雪は社会経験など皆無と言っていい。そんな子に自分の事情を押しつけるなんて、とんでもない話よ」

「い、いや。おれは」

やり込められている戒に、天真も容赦なかった。

「それに月雪を預けていたアイソスピン保護施設は、表向きはオメガを保護する施設ですが、内情は若く健康な子供しか保護せず、裕福なアルファに斡旋《あっせん》する輩《やから》が幹部にいた悪徳施設です。まさに、人身売買と同じに」

この話には戒のみならず美沙子も驚きを隠せなかった。

「オメガを斡旋するって、そんな……」

「厄介払いのようにして施設に集められた子供たちの数人は、養子縁組と称して裕福なアルファが引き取っています。しかし、ほとんどの子供は多額の金銭と引き換えに、番の要員として引き取られている。これがアイソスピン保護施設の実態でした」

「そんな話、初耳です。おれは、月雪を売ったつもりなんかない……っ」

とうとう戒はガックリと首を垂れる。

「ただ月雪に番がいないなら、おれの手助けをしてもらえないかと思っていたんだ」

それは、あまりにも思慮が浅すぎる。相手がいないのなら手助けをしてもらいたかったなどと、軽々しく言わないでほしい。

オメガは番を見つけたら生涯、添い遂げる。そういう性なのだ。

でも。――――この人が、父親なことに変わりない。

どれほど忌み嫌い憎んだとしても、事実は消せない。そして美沙子も同じこと。オメガの子供を授かったために戸惑っていた人たちなのだ。

(でも、見捨てるわけにはいかない。だって切り捨てられる悲しみを、ぼくは知っている。だから、どんなに憎くても情けなくても、見放すわけにはいかないんだ)

砂を噛むような思いで決断すると、天真から離れようとした。だが。

「その中東のアルファが用意すると言ったのと同じ金額を、私が用立てます」

驚く言葉を聞いて呆然とした。天真が、どうして金を払うのだろう。

「ちょ、ちょっと待って。天真、何を言っているの。そんなのおかしいよ」

そう言うと彼は黙ってというように、人差し指を唇に当てる。

「おかしくなどない」

毅然とした声に、ハッとなる。彼の声には、怒りが滲んでいたからだ。

いつもは不愛想ともいえる彼は、感情を表に出すことがあまりない。その彼が、今は強い怒気を滲ませている。

「どれほどひどい扱いを受けたとしても、きみはまだご両親を突き離せない。それは弱さ

ではない。深い愛情ゆえだ。だから、その愛情に免じての救済をする」

「だ、だって」

「これ以上きみが疲弊するのを、見過ごすわけにいかない！」

信じられないこと言う彼を、まじまじと見た。

「もちろん寄付ではない。融資だ。契約書も交わそう」

冷静な口調の天真は、情に流されていないと強調する。

「あ、ああ、ありがとうございます！　ありがとうございます！」

戒はペコペコと頭を下げて、礼を言い出した。その情けない姿を見て、何かを言いかけた美沙子を、天真が遮った。

「アイソスピン保護施設は、私と祖父、そしてほかにも数人の篤志家たちが出資して、買い取ることになりました」

「えぇ？　買い取るって……」

「今度こそオメガを救い、彼らのためになる安心な保護施設を作るつもりです。もちろん、年齢制限などは設けません」

誰もが普通にあると思い込んでいた、でも存在しなかったオメガの保護施設。それを天真や壮一、そのほかの人が作ってくれるのだ。

もう、オメガが泣かなくて済む世界が、実現する。

月雪は興奮して、顔が真っ赤になっていた。だが、美沙子は冷静だった。

「なぜですか。なぜ、そこまで宮應家が、オメガに尽くしてくださるんでしょう」

そう問われて、天真はしばらく無言だった。だが、静かに口を開く。

「アルファもベータも、もちろんオメガも、出産は命がけです」

静かな声に、戒は少しだけ震えた。

「痛みや苦しみは、想像することもできません。産むこともできない我々が、軽々しく口を挟む権利はないでしょう。それがたとえ親だとしてもです」

天真は長身で彫りの深い、端整な顔立ちをしている。だからこそ凄《すご》みがあるのを、自分でも熟知していた。その上、アルファ特有の金色の瞳。威圧感がものすごい。

そのため、感情の起伏をつねに押さえているのだ。

「私はオメガが差別されることに、納得いかない。たとえヒートで我を失うことがあったとしても、それで彼らが虐げられ苦しむ状況は許せないんです。祖父も同じ志《こころざし》を持って、オメガを保護する施設の買収に取り組みました」

「で、でも、もう甘えるわけにはいかない。うちは、天羽はずっと厚意に甘えていた。みっともないぐらいに。甘ったれていた。だから、もう……」

月雪が思わずそう言うと、天真は軽く頭を振る。

「そうじゃない」

手を差しのべられて、思わず瞠目する。天真は、穏やかな表情をしていた。みっともないとか、だらしがないとか、罵られても当たり前なのに。

彼は戒を責めなかった。同情ではなく、解決策を提示してくれたのだ。

「一人で泣いていた小さなオメガを、私は絶対に見捨てない。きみの苦しみは、同じ大きさで私を苦しめる。だから、なんでもしてやりたい。その思いはきみだけでなく、全てのオメガに対しても同じだと気づいた」

「天真……」

心が震える。天真はやっぱり、施設で震えていた自分を抱き上げてくれた人。

誰よりも優しくて大きな手を持つ、大好きな人。

「施設には手を差しのべなくてはならないオメガが、たくさんいた。だが、全ての子を助けることは、あの時できなかった。……保健所に収監された、たくさんの犬や猫を救いたいと思っても、限界があるのと同じだ」

そう言われて、胸が痛くなる。保健所に入れられてしまった子は、命の期限が迫っている。助けたい。ぜんぶ助けたい。でも、それは現実的な話じゃない。

だから茉莉花は、少しずつでも救いたいと頑張っている。いくら宮應家が裕福な家庭でも、口で言うほど簡単なことじゃない。

でも。でも天真は。

「救いを待つたくさんのオメガでなく、私はきみを、月雪を助け出したかった」

どうしてほかのオメガを差し置いて、自分は救われたのだろう。そう思って天真を見つめると、魂が震えるぐらい優しい瞳で見つめられた。

「わからないか？」

思わず月雪も手を差し出すと、グッと握りしめられる。

「私の月雪。私のオメガ。——私は、一目できみに恋をしたんだ」

その時。月雪の脳裏に、あの時の光景がよみがえる。

『一緒に行こう、小さなオメガ』

抱き上げてくれた力強い腕。ふいにされた頬への軽いキス。そして教えてくれたガチャ。

がちゃがちゃ。

カプセルに閉じ込められた、小さな月。

思い出とともに、心の中が甘く満たされる。思わず胸を押さえてしまうほどに。

天真が好き。だいすき。

こんなに誰かを好きになるなんて、思いもしなかった。

「きみがいなくなると考えただけで、この手が震えた」

ずっと離さないでいてくれる、きれいな手。長い指と血管が透けて見える美しさ。

握りしめられていると、胸のドキドキがひどくなるばかりだ。

「きみは私の家族だが、家族ではない。きみはきみだ」

その一言で、ずっと胸に刺さっていた小さな棘を思い出す。鈍痛だけど、消えない痛み。納得したはずの疑問だった。だけど。

「ちまは、どうして宮應の養子になったの？」

放った一言は、自分でも頬が赤くなりそうなぐらい、幼稚だと思う。でも、どうしても頭から離れなかった、引っかかる事柄だ。

どうして、ぼくは駄目で、千麻はいいの。

どうして、ぼくだけ、仲間外れなの。

子供みたいな繰り言が、頭の中でぐるぐる響く。みっともないと、わかっている。それは月雪の心の奥底で、小さな子供が泣いているのだ。

泣いているのは――――自分。

恥ずかしくなっている月雪とは反対に、天真はまったくの無表情だった。

「千麻は叔父《おじ》に当たる人の子供で、私の従弟《いとこ》だ」

「え？　お、おじさん？　従弟？」

呆《ほう》けた声が出たが、それも仕方がない。意外すぎる事実だからだ。

「そう。父の弟だ。顔も見たことがない人だが」

「そんな叔父さんだなんて話、聞いたことない」

「知らなかったのか。皆が承知していたし、誰もが言った気になっていたのだろう」

「いたのだろうって、ひどい」

「すまなかった。千麻のことでは家族全員が思うところがあった。それゆえに、配慮が欠けていた。きみを傷つけていたとは思いもしなかったよ」

謝られて、冷静になった。

「……ぼ、ぼくこそ子供みたいに拗《す》ねていたんだ。じゃあ、ちまの親御さんは？」

「父親である叔父は学生時代に家出をして、水商売の女性と同棲をした。千麻が生まれても、認知もしていない。その後、母親は千麻を置いて家出。叔父は酒で身体を壊し、亡くなった。昨年末に父方の祖父母が亡くなって、この件が明るみに出たんだ」

「天真のお父さんってアルファだよね。弟さんもアルファ？」

「ああ。アルファの両親と、アルファの子供たち。稀に見るエリート一家だ。だからといって、誰もが幸福になるわけじゃない。瓶の奥底に溜まる澱《おり》のように、叔父の心には鬱屈が溜まっていたのだろう」

ようやく行方がわかった千麻は、市の養護施設で保護されていた。そこから血縁である茉莉花に連絡が来て、消息が摑めたのだ。

「そんなことがあったなんて、ちっとも知らなかった」

「おじいさまは娘婿の父を尊重していた。だから血縁でなかったが、千麻を養子に、という話が出たんだ。決してきみを、蔑ろにしたわけじゃない」

謝ってもらえばもらうほど、自分の幼稚さと狭量《きょうりょう》さを思い知る。

『ちまは、いいなぁ』などと、言っていたのだ。あの子はどんな思いで聞いていたのだろう。

「ぼく、あんなに小さくて可愛い子に、嫉妬してた。恥ずかしい」

そう言って俯《うつむ》いてしまうと、月雪の手を天真は握りしめた。

「一緒に帰ろう。私の月雪」

「天真……」

「きみがいないと、全てが色褪《いろあ》せる。どうか私の色彩を、奪わないでくれ」

その一言を聞いた瞬間、心の中に張り巡らせていた透明な結界が、一気に壊れてしまった。大きな音を立てて流れていくのは、水。

ちがう。これは一度だけ類の前で流したことがある液体。それは。

涙。

大きな滴が瞳から零れ落ち頬を伝い、服を濡らしていく。

どうして泣けないのだろうと不思議だったのに、次々と涙は流れた。

「悲しい思いをさせて、すまなかった」

天真はそう囁くと、強く抱きしめてくる。十二年前に戻ったかのようだ。

『やったぁー……っ』

小さな月雪が、心の中で歓声を上げる。でも、あの時と違って両手を上げることはできない。だって、天真に抱きしめられているから。

でも、こっちのほうがいい。

番も類も何もかも、どうでもいい。ただこの腕に抱きしめられたい。

今の月雪は涙を流して、ぐしゃぐしゃの顔だ。でも、あどけない笑みが浮かんでいるのは、変わらない。

あの時と一緒。月雪が手に入れた希望と同様に、解放の瞬間。

ピンクのウサギを、手に入れた時と同じ。

自由、そして――希望だ。

7

天真に連れてこられた都内の大学病院の個室に、千麻は眠っていた。病室には、茉莉花もいる。

「さっきまで起きていたけど薬が効いて、やっと眠ったわ。幼稚園から帰ってきて、月雪がいなかったから不安になったみたい。過呼吸っていうの？　どんどん身体が震えてくるし、口から泡を噴くしで、びっくりして救急車を呼んでしまったの。けど、大げさだったわ」

「ううん。救急車を呼んで正解だと思う。いきなりそんなことになったら、素人《しろうと》の手には負えないよ。舌を噛んだりしたら大変だもの。……ぼくが何も言わずに、実家に行ったのが悪かったんだ」

幼稚園からご機嫌で帰ってきて、いきなり過呼吸になったのだから、慌てて当然だ。個室は贅沢《ぜいたく》だが、静かな部屋で休ませたいと思うのは当然だった。

子供が一人、真っ白な病室で眠っている姿は痛々しい。まだ外されていない点滴を見ただけで、胸がしめつけられる。

月雪は置いてある折り畳み椅子に座り、千麻の乱れた髪を直す。少し汗ばんでいるので、キャビネットに置いてあったウェットテッシュで、頬や首筋を拭いてやる。

普段はキャッキャと大喜びなのに、何も返ってこない。それが悲しい。

「……んう」

小さな呻《うめ》き声に顔を覗き込むと、大きな瞳が開く。

「ちま」

幼子はぱちぱち瞬きをくり返すと、とつぜんグンッと半身を起こした。

「わぁっ、いきなり起き上がっちゃ駄目！」

慌てる月雪に構わず、ぎゅうぎゅうに抱きつかれる。茉莉花も天真も驚いて目を丸くしていた。月雪はしがみつく子供を抱きしめる。

「ちま、ごめんね」

そう囁くと、しがみつく手の力が強くなった。すごく不安だったのだ。

「ごめん。――――ごめんね」

千麻自身、母親に棄《す》てられ父親を亡くした。二人の親を失ったのだ。こんなに小さい子が、どれほどの慟哭《どうこく》を乗り越えてきたのだろう。

「ちま、怖かったね。ごめん」

何度も何度も謝った。彼の両親と同じ、いきなり幼児の手を離すことを、自分はしてしまった。月雪自身、あの時は混乱して、この子のことを考えられなかった。置いていかれる悲しさを、月雪も知っている。あのやるせない思いを、千麻にさせてしまったのだ。自分が不甲斐なくて、泣きそうになる。

「つきゆき」

あどけない声に顔を上げると、飴玉《あめだま》みたいな大きな瞳に見つめられていた。

「うん」

千麻はしがみついていた腕を解き、月雪の額にぴたっと掌をくっつける。

「おかぁーり……」

おかえりという囁きに迎えられて、とうとう涙が零れた。

自分は泣けるようになったのだなぁと、変な思いが過る。そんな月雪の肩に、そっと天真の手が添えられる。大きくて、力強い手だ。

番になることを断られたぐらいで自棄《やけ》になって、自分からバカな真似をしそうになった。顔も知らないアルファと番になろうなんて。

宮應家の人たちがいてくれて、千麻がいてくれてよかった。

そして、やっぱり天真が来てくれて、本当によかった。

「つきゆき、ちま、かえる、の」

「そうだよね。帰ろう」

幼子の申し出に、天真も茉莉花も頷いた。この真っ白な病室に、千麻を置いて帰るなんて考えられない。

今の千麻には点滴より、家で飲むミルクが一番だと、皆がわかっていたからだ。

さっそく担当医に相談し診察をお願いする。

「呼吸も心音も落ち着いたし。安静にすることを条件に、帰宅を許可しましょう」

年配の医師に診察してもらった結果、帰宅のお許しが下りた。

そうと決まれば、善は急げ。ぱっぱと会計を済ませ、少ない荷物をバッグに詰める。

ナースステーションに挨拶をして、天真の車に乗り込んだ。千麻の顔色は、どんどんよくなっている。家に帰るという当たり前のことが、何よりの薬なのだ。

車の後部座席には茉莉花と千麻が座り、助手席には月雪。運転手席は、もちろん天真だ。みんな微笑んでいたし、誰もが嬉しそうだった。

エンジンをかけると、千麻が好きなアニメソングがかかった。とたんにご機嫌になって、両手でリズムを取るちびっ子に笑いながら、心の中でそっと思う。

天真のこと、やっぱり好き。

こんなに近くにいるのに、告白することはない。でも、想うだけなら許されるか。

(ぜったいに気持ちを伝えたりしない。ただ)

——ただ、心で想うだけ。

天真が好き。大好き。

だから、何も願わない。何も望まない。ただ、幸せになってくれるように祈るだけ。

それぐらいなら、きっと許してもらえる。

誰の許しを乞うのか。類か。天真か。それともまだ見ぬ神さまだろうか。

考え込んでいると、頭が重くなる。そんな月雪の心中など知らず、後部座席は賑やかだ。

千麻が何か言うと、笑いが起こる。賑やかで和やかな、幸福な世界。

この世界を、壊すわけにはいかない。

天真と番になった類。住まいを移すかわからない。天真の赤ちゃんを宿しているのだから、早いうちに越してくるのがいいと思う。

すばらしいことだ。心から祝福できる。

だから彼が来たら、月雪は宮應家を出ていこう。

どんなに喜ばしくても、番になった二人を見るのはつらい。自分は天真とは番になれなくてもいいし、抱いてもらえなくてもいい。

でも幸福な二人を見ても、同じ気持ちでいられるか、わからない。

ならば、あの家を去るのがいいと思う。

『一緒に行こう、小さなオメガ』

初めて会った時、そう言ってもらえた。あの言葉がずっと心の奥にある。もう、それだけで十分。――――十分すぎるぐらいだ。

自分の気持ちは、胸の奥にしまっておけばいい。

だって、この恋心は、月雪だけのものだから。

□□□

「おかえりなさいませ、月雪さま千麻さま。皆さまもご一緒で」

宮應家に戻ると、節がにこやかに一同を迎えてくれていた。壮一もいる。そして驚いたことに、類までもがソファに座っていた。

「こんにちは。お邪魔しています」

にこやかに微笑む類は、ベージュのスーツを着ている。何気ない格好なのに、いつにも増して見惚れるほど洗練されていて艶やかだ。

整った顔立ちだけではない。内側から滲み出てくる輝きなのだろう。

「こ、こんにちは」

さっきまで抱《いだ》いていた天真への甘ったるい想いが、音を立ててしぼむ。天真の大切な番、類の登場。こうなれば、もう自分が出る幕はない。

これが現実だ。

（うーん……。今日ぐらいは夢を見ていたかったなぁ）

番になってくれとは、もう言わない。でも今日は千麻の退院のお祝い。天真の隣に座って笑いたかった。小さい時みたいに、甘えたかった。

しょんぼりと溜息が出そうになったが、すぐに気を取り直す。

笑顔、笑顔と思った瞬間、類が明るく言った。

「実は月雪さんに報告したいことがあるんです」

「ぼくに報告？　……あの、それって」

「嬉しいお知らせがあるので、ぜひ聞いていただきたくて。ぼくは、赤ちゃんを授かりました。十週目に入ったところです」

（来た。来た来た来た来た）

類の言葉に、部屋の中にいた茉莉花と壮一が、息を飲む。オメガバースの報告だ。喜ばしいこと、この上ない。

「お、おめでとう、ご、ざいま、す」

必死で祝いの言葉を口にした月雪に、類は嬉しそうに微笑んだ。光が滲むような、神々しくさえある微笑だ。清らかで美しいと素直に思う。

「月雪さん、ありがとう……！」

固く手を握られて、思わず頷いた。嫉妬していた自分が恥ずかしい。

(類さん、きれい。すごく、きれい。――――それに引き換え自分は)

我が身を振り返ると、たちまち惨めな気持ちになる。

天真の子を授かれたのは、類。大切な人と結ばれなかったのは、自分。惨めだ。

でも、ぜったい自分の恋心なんか言わない。ぜったい天真を好きだなんて、教えない。

この気持ちも想いも、月雪一人だけのもの。

自分は天真に選んでもらえなかったけれど、手を握ってもらえただけでいい。

抱擁《ほうよう》の思い出があれば、きっと生きていける。自分はそれでいい。

「本当に嬉しいお知らせですね。でもどうして、ぼくに報告しに来てくれたんですか」

「同じオメガだからっていうのもあるけど、月雪さんは不思議と他人に思えなくて。ぼくは一人っ子だけど、弟がいたら月雪さんみたいだろうなって」

「えー、そんな」

「月雪さんは、いつも一生懸命で優しい。だから、つらいことがあっても、言わないんだなと思う。でもね、絶対に願いは叶うし、想いは通じる。これを言いたかったんです。赤ちゃんのことは、言うなればオマケです」

「類さん……」

「ぼくは、ずっと好きだった人と番になれました。月雪さんも、どうか諦めないで」

まっすぐな瞳に見据えられた。こんな目を、さっきも見た。

天真。天真の瞳だ。

『きみがいないと、全てが色褪せる。どうか私の色彩を、奪わないでくれ』

あんなふうに言ってもらえたのだから、もうこれ以上は望まない。番にならなくても、自分は彼の傍にいられる。

そう思っていた月雪の耳に、信じられない言葉が飛び込んできた。

「今日はぼく一人でご挨拶に伺いましたが、今度は番のアルファとも一緒に伺いたいです。あの、ご迷惑でしょうか」

「え?」

月雪が、素っ頓狂な声を出す。今、類はなんと言っただろう。

「一緒に来るって、天真は、そこにいるじゃないですか」

「どうして天真が出てくるんですか」

「だって、類さんの番は天真ですよね?」

空気と雰囲気のおかしさに、言葉が出ない。背中に、妙な汗が流れる。

自分が言った一言が、場を変な状況に陥らせていると、ひしひしと感じられた。

「月雪。きみは面白いことを考えていないか」

低い声が聞こえる。子供の頃から聞き慣れている、天真が怒った時に出す声音だ。怒られる予兆とも言っていい。

しかし自分は、どんな地雷を踏んだのだろう。

（こわい。怒られるとしか思えない。でも、な、何を怒られるの）

恐るおそる背後に立つ彼を振り返ると、予想通り無表情のまま怒っていた。空気を察した類が、取り成すように優しく問いかけてくる。

「月雪さん。もしかして、ぼくの番が天真だと思っていませんか」

「え？　だ、だって、天真がいた夜のヒートの子って言いましたよ、……ね？」

小さくなる語尾で問いかけながら、冷や汗が背中を伝っていく。

『あの時の子だよ、天真がいてくれた、あの夜のヒートだ！』

そう。あの時、類は確かにそう言った。だから自分は絶望して。

泣き出しそうになって、慌てて唇を嚙む。壊れていた涙腺は復活したとたん、無闇やたらに涙ぐむようになっていた。

その時、場の空気など考えたこともない幼児が、とことこ類に近寄った。

「う」

ちびっこの出現に、類は笑顔になった。

「お久しぶりですね、かわい子ちゃん。お元気でしたか」

そう訊ねる類をじっと見つめ、千麻は「ううう」と唸《うな》る。

「ちあーう」

「ちがう？　って何が違うの？」

千麻は小さな手で、類の腹部にそっと触れた。

「あかちゃん、パパと、おんなじ。きらきら、ふわふわ、よ」

一緒にいた千麻が、たどたどしく話を始めた。しかし。

「きらきらふわふわ？　パパそっくり？　何それ」

月雪がわからないと眉をひそめると、とつぜん類が大きな声を上げる。

「あっ！」

「類さん、どうしたんですか」

「きらきらふわふわっ……て、わかりました。金髪だ！」

「な、なんのことですか」

すると天真が、「ああ」と呟く。

「テオドアそっくりの子なんだ」

その一言で類は、いきなり瞳を潤ませた。

「アルファだ。テオドアと同じ金髪の、きっと金色の瞳の子だ……」

そう言うと、自分の両手で顔を覆ってしまった。

「え？　あの？　天真、どういうこと」

彼は月雪の困った顔を見て、唇の端だけで笑う。

「類の番は私でなく、テオドアという英国貴族だということだ。お腹の赤ん坊は、間違いなく、金髪と金色の瞳を持っている。千麻が保証してくれた」

そう言うと幼児は、こっくり頷く。

「う！」

力強い千麻の、う！　を聞いても、月雪は信じられなかった。

「だって！『あの時の子だよ、天真がいてくれた、あの夜のヒートだ！』って類さんは言っていたじゃない。ヒートの時にアルファとオメガがいたら当然」

「ところが」

天真はそう言うと、今度こそ微笑んだ。唇の端を持ち上げる彫像のような、見惚れるほど美しい笑顔だ。

ただし、目は笑っていなかった。

「そのヒートの時、類の傍にいたのは私だけではなく、テオドアも一緒だった」

「テ、テオドアさんも？」

「もともと彼と類は、番の約束をしていた。あの日、三人で会って食事をしていたが、類にヒートが起こった。私は早々に退出した」

早々に退出。テオドアと類は番の約束をしていた。天真は早々に退出。早々に。

退出。

「えええええーっ⁉」

あまりの驚きに、素っ頓狂な声が出てしまった。

類はそもそも、天真に友情はあっても番になろうとは思っていなかった。だから先ほどの質問が出てきたのだ。

『月雪さん。もしかして、ぼくの番が天真だと思っていませんか』

番が天真だと思っていませんか。

(番じゃ、ないの……⁉)

類の言葉が頭に沁《し》み込んだ瞬間、身体が機能を失い力が抜ける。

ぱたり。

月雪がソファに倒れ込む音がした。それぐらい、頭の悪い誤解をしていたからだ。

(えーと、えーと……。ぼくは、しなくていい誤解をして、絶望して、ぐるぐるして、毛虫みたいに嫌っていた父親の家に行って、母親に諭されて、わざわざ天真が迎えに来て。

……ぼく、何やっているんだ)

もう逃げ出したいぐらい、恥ずかしい。

気がつけば、同席していたはずの茉莉花と壮一の姿が消えている。いつから席を外したのだろう。それさえ気がつかなかった。

「お二人で積もる話もあるでしょうから、ぼくは帰ります。後日また、テオドアとご挨拶に伺いますね。あ、かわい子ちゃんも一緒に行こうか」

場の空気を読んだ類は卒なく、にこやかに千麻を抱き上げて部屋を出ていく。あっという間に、天真と二人きりになってしまった。

汗が月雪のこみかめを流れる。

「私と類が番だと、なぜ思ったんだ」

静かな声に問われて、恐々と顔を上げた。天真は、やっぱり目が笑っていない。

「……類さんに赤ちゃんがいるって、ちまが言い出した時。そうしたら類さんが、あの時の子だよ。天真がいてくれたあの夜のヒートだって言うのを聞いて、慌てちゃって」

「慌てたせいで父親に言われるまま、唯々諾々《いいだくだく》と見知らぬアルファの番になろうとしたのは、そういうわけか」

怒っている。ものすごく怒っている。これは誤魔化しが利かない。

正直に言うしかないんだ。そう決意して、月雪は顔を上げた。

「ぼく、天真に断られて悲しかったんだ」

「なんだと？」

尖《とが》った声で返されて、月雪の身体が竦む。でも言葉は止まらない。

「類さんとのことは完全に誤解だったけど、でも番なんだと思い込んでいたから、やっぱりショックだった。……悲しかった」

「待ちなさい。断ったというのは……」

「番になってほしいって言った時、本当に困った顔をしてた。違うって言った。天真に拒絶されたと思うのは、すごく悲しかった」

「それほど私のことが好きなのに、なぜ勧められた番の話を受けようとした」

厳しい声音に、きゅっと胸が痛くなった。思い込みで天真を両親と対峙させることになったのだ。怒られても仕方がないだろう。

だが予想に反して、彼は怒らなかった。ただ、じっと月雪を見つめていた。

「私が言葉足らずだったために、きみに悲しい思いをさせ、追いつめてしまったのか」

「そうじゃなくて……。天真のせいじゃない。でも、ほかに道がないと思った」

母親の病気のことが心配だった。父親が見せた弱みに苛ついた。それだけだろうか。いや、心の奥底では。

「天真の番になれないのなら、生きていても仕方がないと思ったんだ」

今まで一度も具体的に思っていなかった言葉が、するりと唇から零れる。

どんなに思いを募らせていても、話さなくては想いが伝わらない。

言わなくてもわかる、なんて幻想だ。

「ぼく、天真が好き。叶わなくてもいいから、想いを伝えたかった」

「――月雪、きみは子供の頃から慌てんぼうだ。今もまったく変わっていない」

「お父さんみたいな言い方しないで」

恋心を告白しても、普段の天真なら相手にしなかったはずだ。でも、今日の彼は違った。真っすぐに月雪を見つめてくる。

「お父さん。その通りだ。きみにとって私は、お父さんだろう」

視線が痛い。どうしてこんな痛い眼差しで見つめられるのだろう。

「アイソスピン保護施設から助け出し、宮應家に迎え入れた。きみが初めて出会った、温かい家庭だ。誰も泣かない。怒鳴り合わない。いがみ合うこともない。その家庭を与えた優しい男が私。本物の父親のような存在だろう」

「……そうだよ。天真は、あの冷たい建物から連れ出してくれた。温かい紅茶を飲ませてくれた。初めてガチャを教えてくれて、生まれて初めてプレゼントをくれた」

「プレゼント?」

天真みたいに裕福な家庭で育った人にとって、ガチャの景品なんかプレゼントの概念から遠いところにあるだろう。

だが月雪にとって、生まれて初めての贈り物だった。

「お月さまを抱っこした、ウサギのキーキーホルダー。天真は憶えていないだろうけど、施設から出てすぐ、ガチャをやったんだ。ぼく、ガチャなんて初めてで、すっごく興奮した。嬉しかった。その時に取ったウサギをプレゼントって勝手に思ってた」

あのウサギ。あの子はどこに行っただろう。ウサギ、ウサギ。ピンクのウサギ。

「ウサギとは、これのことか」

天真がズボンのポケットから出したのは、いくつかの鍵がつけられたキーホルダーだ。外車のエンブレムがついたそれは、とても立派に見える。

だけど。ぶらさがる鍵と一緒に、ピンクの何かが見えた。何か。それは。

ピンクのウサギ。

「きみがくれたこれは、私の宝物だ」

「天真……」

「だけど、きみが本当に欲しいものは父親だとわかるからこそ、つらかった。初めて目にしたものを親と勘違いする、ヒナのようだったからだ」

その時。月雪が初めて宮應家を訪れた時の、彼の言葉がよみがえった。

『卵から孵化したばかりのヒナは、初めて見たものを親だと思い込むらしい』

少し困っている口調。どうしようかと、困惑していたからだ。

孵《かえ》ってすぐ目に入ったホウキだから、天真は月雪の愛の告白を受け入れられなかったのか。それを親と勘違いした哀れなヒヨコ。天真にそう見えても不思議がない、当時の月雪。

でも。でも違う。昔はそうでも、今は違う。

「天真がホウキなら、ぼくは一生ホウキについていく。天真は、ぼくのホウキだ！」

一気に言い放つと、部屋の中に沈黙が流れる。

あっけにとられた天真の顔が目に入った。そのとたん興奮が冷めて、一気に絶望的な気持ちへ下降する。カーッと真っ赤になるのがわかった。頬だけじゃなく、身体全体が熱い。

（また、……また玉砕しちゃった）

さすがに胸にくる。自分は何回、天真に告白して、空振りだったのか。月雪は絶望的な思いに落ち込みそうになった。

ふと気づくと、頬に何かが触れる。自分の涙と、天真の指。

「泣くな」

流れた涙を、彼が指で拭ってくれているのだ。

「天真……」

「泣かないでくれ。私の月雪。私のオメガ」

彼はそう囁くと、そっと唇で頬に触れ、そして涙を拭った。

「アイソスピン保護施設で泣いているきみを見て、胸が締めつけられた。こんな幼い子が声を殺して泣いている。それだけで心が揺さぶられた」

天真はそう言うと月雪の両頬に触れ、またくちづけてくる。

「きみは初めて取った景品を、私に渡してくれた。可愛かった」

さっき見せてくれたピンクのウサギを、また見せてくれた。

『これ、てんまの。てんまのだもん』

自由の空気。雪崩れ込んでくる、光と風と人の気配。

きらきら光る安っぽいプラスチックのガチャ。宝石みたいだったガチャガチャ。

「きみにとって私は、親の代用品ではないかと思っていた。苦しい境遇から救い出した、救世主のようなものだからだ」

「そうじゃないよ。ぼく天真を」

必死で言い募ろうとすると、彼は右手で月雪の唇に触れた。

「だが、そうでないと今日わかった。きみは私を命の恩人でもなく親としてでもなく、一人の人間として愛してくれていたんだ」

「天真……」

「そして、きみが思うよりずっと、ずっと私も、月雪という人間を愛している。オメガでもアルファでもない。一人の人間同士として、私たちは愛し合っているんだ」

月雪。それ、誰だっけ。

しばらく考えて、あ、自分のことだと呆《ほう》けたように気づく。今さら気づく。

今さら、ずっと愛されていたのだと気づく。

コトンと何かが床に落ちた。見なくてもわかる、ピンクのウサギ。何もかも知っていた、

小さな玩具。拾おうとして、キスをされる。唇に、大人のキス。

「ん、んん……っ」

夢みたい。キス。天真のキス。信じられない。夢だ。幻だ。奇跡の瞬間だ。

胸の奥から静かな喜びが湧いてくる。もっと感激に震えてもいいのに、月雪の心は静かだった。静かに喜びに満ちていた。

愛は騒がしいものじゃない。静謐《せいひつ》な喜びなのだ。

――嬉しい。

唇を離されても、夢見心地のままだった。

彼はくちづけから月雪を解放すると、そっと抱きしめ囁いた。

「月雪、きみは私の宝物だよ」

その声が胸に頭に、そして心の奥底に静かに響いた。

床に落ちたままのピンクのウサギが、クスクスと笑っているように思えたのは幻か。

もう、どちらでもいいと、月雪は瞼《まぶた》を閉じる。夢なら醒《さ》めないでと願いながら。

8

その夜は『千麻ちゃん、お帰りなさい会』と銘打った、ささやかな夕食会が行われた。

宮應一家と月雪はもちろん、節や運転手の佐伯も席に呼ばれて大恐縮している。

彼らは主人の宴に遠慮し、乾杯だけご一緒にとグラスを合わせると、早々に退出してしまった。だが千麻が大事に至らなかったことを、誰もが心から喜んでくれた。

「でも千麻はもう、ねんねよ」

茉莉花の一声で宴は終了となり、それぞれ部屋へと戻っていく。だが、千麻は部屋を出る時に月雪に向かって振り返る。

「つきゆき、あしたも、いる？」

その一言に心臓が掴まれるみたいに痛む。小さな子供と視線を合わせるために床に膝をつき、幼子の頬に触れた。

「もちろん、明日も明後日《あさって》もいるよ」

「あさって？　じゃあ、つぎも？　つぎの、つぎの、つぎの、つぎも？」

「うん。ずーっといる。大丈夫だからね」

そう言うと、はにかんで千麻は笑う。いつもならジタジタしているのに今日はすごく、おとなしい。そんな変化も、切なかった。

「明日は千麻の好きな、ずんだ餅《もち》を作ろう。豆を潰すのを、手伝ってくれる？」

そう言うと彼はにっこり笑った。

（そうそう、その笑顔が見たかったんだ）

「じゃあね。おやすみ」

ちびっ子は、ようやく納得してくれる。月雪と千麻は手を振って、そこで別れた。

「月雪、ドライブに行かないか」

ずっと無言だった天真が、そこで口を開いて視線を向けてくる。

「ドライブ？　外は真っ暗だよ」

「夜のドライブは面白いよ。怖いか？」

そう訊きながら、彼の瞳はとても優しい。愛《いと》おしいものを見つめる、そんな眼差しだ。

「まぁ、ドライブは口実で、二人で出かけたいだけなんだ。いいかな」

「うん、ぼくも行きたい」

早々に話が決まった。天真の車に乗って住宅街を抜けて一般道へと走ると、街灯の光が流れていくみたいに通り過ぎる。

「うわー、綺麗だねぇ」

思わず、はしゃいだ声が出る。すると、運転しながら苦笑されてしまった。

「子供っぽくて、すみませんね」

「いや、こんなに無邪気に喜ぶなら、もっと早く誘えばよかったと思って」

「無邪気って、バカって意味？」

「ひどいな。可愛いと言ったつもりだったが」

こうもストレートに言われると、一瞬だが言葉が出ない。だが次の瞬間には頭に届き、真っ赤になる。可愛いという言葉は宮應家では、千麻専用だったからだ。

「……可愛いって」

「話す声も言葉も笑顔も、何もかもが可愛い」

頬の熱さが止まらない。きっと体感温度は四十度超えだ。それぐらい天真は、甘い言葉と縁がない人だと思っていた。

(告白大会をしたせいか、なんだか天真の態度が違うんだよね。すっごく優しくなったっていうか、包み込むみたいな目で見られているっていうか。別に今までが厳しい視線だったわけじゃないけど、でも)

慣れないので、とても面映ゆい。どうして頬が熱くなるのだろう。

そんなことを思っていたせいだろうか。息が苦しくなった。変だなと思い、首をのけぞらせて溜息をつく。だけど、息苦しさは変わらない。

「どうした？」

不審に思われたのか、天真が声をかけてくる。それに首を振って、適当に答えた。それぐらい、頭が重くなった。それに、息がしづらい。

「ぼ、く、帰、……る」

声が変なふうにしか出せない。おかしい。いきなりどうしたのだろう。さっきまで、すごく楽しかったのに。夜のドライブで、うきうきしていたのに。

息が熱い。熱い。熱い。悪い病気だ。きっと、絶対、おかしい。

「この麝香《じゃこう》の匂い。――ヒートか」

いきなり天真の声がして、くっつきそうになっていた瞼が、ぐぐっと開く。

「ヒ、ヒート……、って、何、言って」

息が苦しい。身体が燃えるみたいだ。でも、こんなのがヒートなのか。嘘だ。違う。発情じゃない。イヤだ。いや。

「少しだけ耐えてくれ。二人きりになれるところへ行こう」

彼はそう言うと、車をUターンさせてふたたび走り出す。その時の月雪は、身体を丸めて膝に顔を埋めていた。そうでもしないと、耐えられなかったからだ。

（熱い。熱い。なんだろう。甘い匂い。匂い。花の、蜜。甘ったるい、匂い）

震える手で、必死に自分の身体を抱きしめた。そうでもしないと、爆発するような気がした。耳鳴りがひどく、汗がひっきりなしに流れる。

「すぐに着く。堪えてくれ」

気づくと、震える手を天真に摑まれていた。運転中だったから顔は前を向いていたが、強く握られていると彼の気持ちが伝わってくるようだ。

助けてくれる。

天真は絶対に、自分を助けてくれる。その思いは絶望的な震えから自分を救ってくれたので、月雪は何度もくり返し口の中で唱えた。

□□□

連れていかれたのは、けして大きくないマンションだ。鄙《ひな》びた佇まいと蔦《つた》の這《は》う景観は、アパートメントと称するに相応しい建物だった。

駐車場に車を停める頃になると、月雪はまともに歩くこともできない。天真は先に車外に出ると助手席のドアを開けた。そして、月雪を抱き上げて歩きだす。

エレベーターの中で、グラグラする頭をどうにかしたいと思った。だけど身体は震え、どうにもならない。

狭い箱の中に、自分の匂いが充満する。これが麝香の匂いかと思い知った。

抱き上げられたまま一番奥の部屋に連れていかれ、中に入った。そのとたん、月雪の理性が崩れ落ちる。

「月雪、大丈夫か」

心配する声が聞こえたが、答えたのは普段の月雪ではなかった。

「天真、天真ぁ……、早く、早く種が、欲しいよぅ」

普段からは考えられないほど甘ったれた、かすれた声だった。天真は月雪の身体を下ろすと、しっかり支えてくれる。

「奥にベッドがある。そこまで歩けるか」

「歩く……、いや、ここがいい。ここで欲しい……」

熱に浮かされたまま天真にしがみつき、彼が着ている服をむしり取ろうともがく。しかし力が入らなかったのか、ズルズルと玄関に座り込んでしまった。

「月雪、しっかりしなさい」

「ここ、どこ……」

「仕事で遅くなった時に寝泊まりする、私の部屋だ。発情しているのに、家に連れて帰るのは酷だろう。ヒートが終わるまで、ここにいなさい」

そう話す男の吐息を嗅いだとたん、月雪の理性が千切れた。

座り込んだ自分の目の前にあるファスナーを一気に下ろしてしまう。

「月雪」

「欲しいの。ごめんなさい。欲しいんだもん……っ」

震える指で前立てをさぐり、天真の性器を引き出すと、あっという間に口の中に入れてしまった。止めるように頭を押さえられたが、もう止まらない。

「ん、んん、んんん……っ」

硬くて張りのある肉塊が、口の中にある。もっと欲しい。もっと蹂躙《じゅうりん》されたいと思って、舌を這わせた。

子種が欲しい。この逞《たくま》しい性器から飛び出す体液が、欲しくて欲しくてたまらない。

「放しなさい、月雪」

叱る声が、頭上から聞こえる。でも、もう止めることなんてできない。

だって赤ちゃんができる種だから。たくさん身体の中にぶち撒けてほしいから。

淫らな妄想に乱れながら、いつもの月雪がそこにはいた。

こんな淫らな自分が信じられない。でも、これがヒートなのだと理解する。

淫らで猥雑《わいざつ》な、獣《けだもの》みたいな姿が自分なのだと。

(こわい。こわい。どうしよう、こわい)

怖いけれど、これがオメガ。これがヒート。受け入れるしかない。そして、一滴でも多くの精液を取り込む。

執拗《しつよう》に彼の性器を舐め続けていると、透明な体液が滲み出してくる。もうすぐ。もうすぐだ。嬉しくて顔を上げると、思いもかけないものが目に入った。

憂いを帯びた表情の天真だ。

「これがオメガだとわかっていても、いつものきみと違いすぎて戸惑うな」

「……ぼくは天真を、悲しませている?」

「いいや。私は自分の浅ましさに嫌気が差しただけだ」

「違う。天真は悪くない。悪いのはぼくだ……っ」

情欲に火照り口淫《こういん》に耽《ふけ》っていたが、月雪の声はとても静かだった。

「天真が好き。好きなの。天真と繋がりたい。天真の赤ちゃんが欲しい……っ」

情欲に支配されている月雪だったが、ほんの少し理性が残っている。

「ヒートが進むとぼくは、もっともっと、いやらしくなる。わけがわからなくなる。アルファの種が欲しくて、涎《よだれ》を垂らすようになるよ。自分でわかるの。だから、しっかりしているあいだに、天真のを飲みたい。飲んだ記憶が欲しい」

気持ちを吐露すると、天真は困ったような顔をする。たぶん笑ったのだろう。

「わかった。好きにしなさい」

切ない声で言われて、胸が苦しい。自分が本当に情欲のオバケになったみたいだ。

でも微かな理性が残っているうちに、彼の味を覚えておきたかった。自分は淫乱なのかもしれない。そう思うと恥ずかしい。

「ん……、んん……っ」

ふたたび性器を口に含むと、先端を舌で味わった。おいしい。そう思っただけで身体がぞくぞく震えた。

いやらしい味がする。こんなにおいしいもの、初めてだ。

「おいし、い。天真、おいしい。もっと舐めたい……」

ふだん考えたこともない言葉が、次から次へと唇から零れ出る。たぶんヒートで頭の中が侵食されているのだろう。

「いい子だ。だが、ここで舐めていては、子種が手に入らないぞ。どうする」

露骨なことを言われても、今の月雪は真っ赤にならない。それどころか、大真面目《まじめ》な顔で首を横に振った。

「だめ。ここで出さないで。いっぱい、いっぱい中にちょうだい……っ」

懇願《こんがん》すると、またしても憂いを帯びた瞳で見つめられる。

「天真、天真。悲しそうな顔をしないで。ぼくにちょうだい。天真をちょうだい……っ」

必死で囁いて、また性器にしゃぶりつく。もう、自分が何を口走っているのかわからない。でも身体の奥に種が欲しい。

天真は震える月雪を抱き起こした。泣いていたから、顔はベタベタに濡れている。

「今のきみは月雪であって、月雪でない。それならば、とことん抱いてあげよう」

淫らに泣き濡れる月雪の額に、彼はそっとキスをした。

こんな場には似合わないぐらい優しくて、かわいらしいキスだった。

□□□

何度も首筋を舐められて、そのたびに背筋が震える。

アルファの天真は、やはり首筋を噛むのだろうか。

古来から彼らは、番になったオメガの首筋に噛みつき、所有の証とする。これはアルファが狼《おおかみ》の血族であった証とも言われていた。

その話を聞くたび、まだ月雪は幼かったけれど身体が疼《うず》いていた。

官能の震えだ。

天真があの綺麗な白い歯で、自分の首筋を噛んでくれる。すごい。どうしよう。もし痛みのあまり気絶してしまったら。ぞくぞくする。いや、それよりも。

それよりも痛みが気持ちいいと思ってしまったら、自分の淫らさが露見する。ヒートで乱れるのと痛みで乱れるのでは、まるで違うはずだ。

もしも淫蕩《いんとう》な自分のことが知れたら、天真に嫌われてしまう。そうしたら、もう二度と彼の傍にはいられない。だって恥ずかしいから。

天真といざベッドで抱き合っている今、色情に頭がおかしくなりそうだけれど、噛んでほしいと言わなくては。

「天真、おねがい」

「お願い？」

「首、……噛んで」

自分から囁くと、彼の顔がこわばった。

「きみに痛い思いをさせたくない」

「違う。ちがう、……違う。ぼくは天真に噛まれたい」

「きみを傷つけるなど、耐えられない」

「ううん。ぼくが天真に噛まれたいから、だから」

「それは嘘だ」

「え？」

「きみは子供の頃から痛いことが大嫌いで、血を見ただけで貧血を起こしていた。いくらヒートとはいえ、人間の本質がそう変わるとは思えない」

ヒートの最中《さなか》だというのに、こんな会話はおかしい。

とろんと蕩けた視線を向けると、優しく、慈しみに満ちた瞳が自分を見つめていた。いつかも、こんな瞳を見たことがある。そう、あれは。

宮應家に来て、数日ぐらいの時。

黒猫のリルが屋根に上ってしまったことがあった。子供だった月雪は、とにかく猫の後を追いかけた。気づくと大きな屋敷の、屋根の端にまで来ていた。

目線をずらせば、遠くに見える庭園。その下で心配そうに見守っている壮一と茉莉花。使用人たちは大騒ぎで消防車を呼べとか、大人が乗ったら崩れるとか、大声で言い合っていて、さすがに足が竦んだ。

その時。梯子《はしご》をかけて上ってきてくれたのは、天真。彼は眉間に皺を寄せた表情で、月雪へと近づいた。

怖い顔をしていたから、てっきり怒られると思って身を竦めると、思いがけず優しい手で引き寄せられる。もちろんリルも一緒だ。

そのとたん成り行きを見守っていた使用人たちが歓声を上げた。気が抜けた茉莉花は、へなへなと芝生の上に座り込み、節が肩を抱いていた。

『もう、こんなことをしてはいけない』

その時、耳元で聞こえたのは厳しい天真の声だ。やはり叱られるのだと、恐々顔を上げたら、彼は慈しみに満ちた目で自分を見ていた。

危ないことをする月雪を怒るのではなく、悲しんでいた。

激するでもなく、困り果てるのでもなく、悪いことをした子供への怒りとともに、ただ慈愛があふれた眼差しだけがあった。

「月雪、私はきみを番であるという前に、愛している。五歳の時から、ずっと大切に思っていた。そのきみを、傷つけることは絶対にできない」

こんな場であるのに、天真の毅然とした声に惚れ惚れとしてしまった。だけど、燃えるような情欲は、どうしたらいいのだろう。

「たくさん愛したい。月雪、それでいいか」

「嚙まなくても、ぼくは天真の番なの？　天真はぼくを、独り占めしたくないの？」

アルファがオメガに嚙みつくのは、執着の証。

目に涙を溜めてそう問うと、大きな掌が頰にそっと触れてくる。

施設で触れた手と、同じものだ。

「ずっと愛しているよ。私の小さなオメガ。言っただろう、きみは私の宝物だと」

不安を口にする唇は、愛する人に塞《ふさ》がれた。

息苦しいけれど、その苦しさが嬉しい。だってそれは、夢にまで見た愛しい恋人から与えられる、甘美な拘束だからだ。

何度もキスをして、お互いの舌や唾液を存分に味わう。ヒートの身体には、恐ろしいほど甘美だった。

天真が着ていたシャツのボタンを外そうとすると、月雪は震える手でそれを止めた。

「だ、だめ。ぼくが外す」

「別に誰が外しても同じだろう」

「違う、だって、ぼくのアルファ、ぼくの天真だもん……」

じりじりと焼かれるような熱さに耐えていた月雪だったが、彼のシャツのボタンを外し終わったとたん、ベッドに倒れ込んでしまった。

「どうした」

気遣う声に、返事ができなかった。

息がはぁはぁ荒くなって、皮膚が異様に敏感になっていく。天真は、そんな月雪の状態を知ってか知らずか、何度も何度も肌を撫で、性器を擦り上げてくる。

「あ、ああ……、天真、天真ぁ……っ」

いやらしい声が、ひっきりなしに上がる。天真のベッドは当然のことながら彼の匂いに満ちていて、それだけで尻が蠢《うごめ》いた。

「ほしい、欲しいよぅ」

「欲しいとは、何が欲しいんだ」

わかっているくせに、意地悪のように訊かれた。答えるよりも彼の太腿に性器を擦りつけて、哀願をくり返す。

信じられないぐらい、いやらしいことをしている自覚はなかった。

「欲しい？　指でいいのか」

「ち、違う……、太いの、天真ので、いっぱいにして。おおきいの、いれて。種、種を、ぼくのなかに、ぶちまけて……」

「悪い子だ」

いつもの天真とは違う声で言われて、背中がゾクゾクした。彼は抱きしめていた手を離すと、月雪の身体をシーツに這わせる。

「え……、ええ……？」

「そこに這って、腰を高く上げなさい。負担にならない格好にしよう」

気づけば服の全ては取り払われて、何も身につけていない。その状態で四つん這いになれと言う。普段の月雪ならば、真っ赤になるのが関の山だ。

だけどヒートになった月雪は、羞恥が消えていた。言われるままベッドに這い、猫のように腰を高く上げてみせる。

天真は自らの性器を月雪の腰にあてがうと、ゆっくりと身体を進めた。とたんに甘ったるい声が喉の奥から聞こえてくる。

「あ、……ああ、あああ……、んん」

苦しんでいるのか悦《よろこ》んでいるのか、判別できない声を上げながら、月雪は男の楔《くさび》を飲み込んでいく。ゆっくりと、味わうように。

「おっき、い……、すごい、いっぱい、はいってくる……」

甘ったるく喘《あえ》ぎながら、太い肉塊をおいしそうに飲み込んでいく。男を受け入れるのが、初めてとは思えないぐらいだった。

「月雪、聞こえるか。濡れた音がすごい」

そう言われてみて、初めて気づいた。いやらしい、肉の音がする。それを聞いた瞬間、身体が竦んでしまった。それは天真にもわかったらしい。

「自分の濡れた音で、興奮したのか」

「やぁ、だ……、やだぁ……っ」

「からかっているんじゃない。私を受け入れて悦んでいる。きみは最高だ」

背後から月雪に挿入している彼が話をすると、振動がじかに響いてくる。そのたびに身体中が揺れた。

「やぁぁ、だめ、だめぇ」

「駄目？　何が駄目なんだ」

「は、話する、と、響く。中に。響くの……っ」

その言葉を聞いて、天真は唇の端を上げるように少し笑う。

甘い声が出てしまうと、さらに性器が突き刺さる。また甘い声が零れた。頭の芯が痺《しび》れていた。身体は無意識に快楽を求め、もっともっと淫らに動く。

「月雪、最高だ。なんて可愛いのだろう……っ」

蕩けそうな声を聞いた瞬間、さらなる悦楽を求めて身体が勝手に蠢いた。体内に挿入された性器から、精液を搾り取ろうとするように。

「あ、ああ、あは、ねぇ、はやく、はやく、子種をちょうだい、はやくぅ……っ」

淫らな泣き声が響き、唇の端から唾液が流れる。ふだんの月雪からは想像もつかない浅ましい姿だ。

天真は自分の膝の上で乱れる月雪を、愛おしそうに何度も愛撫し、くちづけた。

「月雪。いやらしい天使め。どこまでも私から搾り取る気だな」

「ああ、ああ、ああ、ああ、ああん……っ」

「愛しているよ。私の月雪。私だけのオメガ」

愛していると囁かれると、脳髄が犯されるみたいに蕩ける。気持ちがいい。

「天真、天真ぁ……っ。種をちょうだい。いっぱい、いっぱい飲ませてぇ」

挿入された性器を刺激するように、体内を蠢かせる。すると頭の中が、淫らに蕩けるみたいになった。ものすごく気持ちよくて、何度も咥え込んだ雄を締めつけた。

「この悪戯《いたずら》っ子め……っ」

天真の声が熱くなる。それを聞いただけで、背筋に甘い痺れが走る。

「きもちいい？　天真、きもちいの？　すごい、かたくなった。ゴリゴリする。ぼくのなか、こすってる。……さいこう……っ」

煽る言葉を囁くと突き立てられた彼の性器が、さらに硬くなる。

「あああ、あああ、あああんん……っ」

耳を塞ぎたくなるぐらい淫らな嬌声《きょうせい》が、部屋の中に響く。

「いく。いく。いっちゃうよぉ」

挿入された男のものが、ゴリゴリと体内を擦っていく。もう、声が止まらない。

「ひぁ、ああ、ああ、ああ……っ」

「ここか気持ちいいんだな」

そう囁いている天真のものこそ、硬くなる。気持ちよくて、何度も身体を締めつけた。

「いっちゃう、いっちゃう、いっちゃ、ああ、あああ……っ」

「くそ、出る。出るぞ。お前が欲しがっていた子種だ」

いつも月雪を、きみと呼んでいた彼がお前と呼ぶ。品のいい天真が、悪し様に罵るような言葉を使う。そんな何気ないことが、すごくいい。愛されていると思うからだ。

熱い吐息が耳朶《じだ》に触れ舐めしゃぶられると、身体中が痙攣《けいれん》するみたいに震えた。

「ああ、あ、ああ……、種、種をくださ い。いっぱい撒いてください……っ」

理性が吹き飛んでいるはずなのに、自分が言った子種というのが恥ずかしい。ものすごく恥ずかしい。恥辱が煽られる。

それが、すごくよかった。

顎を掴まれて、強引にくちづけられる。強く愛撫されるのが、たまらない。

「月雪、いくぞ、いく……っ」

「いく。ぼくも、いっちゃう……っ」

肌が総毛立つ。獣みたいな声が洩れるのと同時に、性器が快感を放出した。

ぎゅっと抱きしめられて、意識が飛びそうになる。

「天真、すき……っ」

自分の声が遠くに聞こえた。

甘ったるくて媚《こ》びていて、だけど幸福そうな声だった。

□□□

次に目が覚めたのは、真夜中だ。

うっとりと瞼を開くと、ベッドには誰もいない。ちゃんとかけられていた毛布を、跳ね飛ばして起き上がると全裸だ。だが身体中きれいに拭われて、肌がさらさらだ。

「……天真」

小さく呼んだ声は、無人の部屋の中に響く。急に怖くなって立ち上がろうとした。だが。

「あ、わぁっ」

身体中の力が抜けていていた。ベッドの下に転がってしまい、びっくりして半身を起こす。こんなことは、初めてだ。

じんじんと痛みが襲ってくる。自分はどうしてしまったのか。悪い病気なのか。

「……う、うぇ……っ」

まるで子供みたいに涙が出てくる。おかしい。自分はどうしてしまったのだろう。

頭のどこかで理性的な声がするけれど、身体は焦れて熱くなっている。

誰か、天真、助けて。

理性が煮崩れたみたいに消えて、泣き出したくなったその時。扉を閉める音が聞こえた。

ハッとして顔を上げる。

天真が部屋に入ってきた時、彼はグラスを載せたトレイを持っていた。

だが月雪の異変に気づくと、持っていたものを乱暴にテーブルに置き、無表情のまま大股で近寄ってくる。

雑に置いたのでトレイに載せたグラスは倒れ、中に入っていた液体が床を濡らす。だが天真は、まったく見向きもしていない。

「どうした！」

「ベッドから落っこちた……」

そう言うと、ぎゅっと抱きしめられた。それから何かを確認するように、パンパンと肩や手足を触ってくる。

「骨に異常はないようだが、どこか痛いところは？」

「大丈夫、力が入らなくて……。でも平気。ねぇ、もう一回しよう。足りない、ぜんぜん足りない。赤ちゃんができないよ」

そう言うと天真は、月雪の頰を両手で包み込んだ。

「天真、天真……。床でする？　いいよ、ぼく四つん這いで突かれるの、好き……」

「床なんかでしたら、月雪が身体を痛くする。それより、どこも痛くしていないか」

「しないの？」

「ヒートなど、どうでもいい。きみが無事でいてくれれば、それでいいんだ」

「天真……」

先ほどまでの情熱的な愛撫をかき消す、そんな一言。月雪の瞳から、何かが溢れ出る。

ぽろりと零れたのは、透明な雫《しずく》。

迷子の涙。

おうちがわからなくて泣いていた迷子は、ようやく大きな手に抱きしめられた。

「ご、ごめんね。ぼく涙腺がおかしいんだ。どうして涙が出るのかな」

彼は月雪の身体を少し離して、瞳を覗き込んでくる。

「やっと安心した、迷子みたいだ」

そう言うと、天真は月雪の額にキスをした。子供の頃にされた、おでこチュウだ。

「もう大丈夫。何も怖くないよ」

まだヒートは始まったばかり。身体はまだ疼いているし、種をもっと欲しいと思う。

でも。

こんなふうに優しい声で囁かれ抱きしめられたら、何もかもがどうでもよくなる。

だって、自分は迷子だった。

迷子のオメガだったから。

月雪は抱きしめてくる天真の胸に顔を寄せ、深く深呼吸をする。天真の香りが、身体中に沁みるみたいだった。

□□□

けっきょく十日余りを天真のアパートメントで過ごし、ヒートが終わったので家に帰ることになった。もちろん、天真も一緒だ。

幸せな気持ちで彼の車に乗り込むと、運転手席の天真が小さく溜息をつく。

「どうしたの？」

「いや、きみのヒートが来たので、こちらに連泊することは家に伝えてあったし、途中で着替えや食事も差し入れしてもらっていた」

「そうなんだ。ぜんぜん気がつかなかった……」

「きみはそれどころじゃなかっただろう。差し入れに来た使用人たちも、承知している。そんなことはいいんだ。しかし、千麻が」

「ちま？」

「月雪がいないと言って、大泣きしていたらしい。今は少し落ち着いているようだが、ふくれっ面でベッドに籠城だと電話で聞いた」

「……あ」

いきなり記憶がよみがえる。そうだ、ヒート直前にあの子と約束をした。

『つきゆき、あしたも、いる？　あさって？　じゃあ、つぎも？　つぎの、つぎの、つぎの、つぎの、つぎも？』

とつぜん消えた月雪に恐怖を覚え、引きつけまで起こした千麻。あの子のことを思うと、胸が痛くなる。そんな子との約束を、自分は違《たが》えてしまった。

「ずーっといる、大丈夫って言ったんだ。まさか発情が来るなんて、思ってもなくて」

天真はシートベルトを着用すると、エンジンをかけた。

「千麻は月雪命《いのち》だから、約束を反故《ほご》したとなると恨みは深い」

「で、でも破るつもりでいたわけじゃなくて、ヒートで不可抗力で」

「もちろん私もほかの人間もわかっている。だが、三歳児に通用すると思うか」

「――するわけない」

天真は車を急発進させると、自宅とは違う方向へ走り出した。

「え、どこに向かっているの」

「まず手土産《てみやげ》が必要だろう。どこかでケーキでも買っていかないと。どこがいいんだ。表《おもて》参道《さんどう》か。それとも自由《じゆう》が丘《おか》か」

「どうしよう。ちまが好きなのはフルーツタルトだけど」

「よし、ではア・ラ・カンパーニュに行くか」

二人で慌てていたのが、奇妙でもあった。天真も気づいたのか、少し笑う。

「千麻は、うちの王さまみたいだな」

その言葉を聞いて、月雪もプッと噴き出す。

「王さまっていうより、すっごい暴君の、ちびっこ絶対君主だよ」

信号で停まって二人でまた笑い、ちょっと顔を見合わせキスをする。今度は、おでこチュウでなく、唇にキスだ。

「天真、だいすき」

「私もだよ、かわいい月雪」

臆面《おくめん》もなく言っていると、信号が青になったので彼は前へと視線を向けてしまった。でも、月雪の心は温かくなる。

大好き。……だいすき。

そんな甘い言葉が、頭の中をぐるぐる回った。

だって自分は、もう迷子じゃない。ようやくおうちを見つけたのだから。

【epilogue】


「つきゆきぃー。おかし、とってぇ」

「はいはい」

「つきゆきぃー。おひざダッコぉ」

「はいはいはい」

けっきょく帰宅して待っていたのは、案の定、絶対君主と化した千麻だった。全権能を所有し、権力を行使する。要するに、ワガママ言い放題だ。

そんな感じでイチャイチャというか、こき使われている月雪は幸せだった。

「なんだ。また千麻は月雪を顎で使っているのか」

部屋に入ってきた天真は、呆れたように溜息をつく。しかし彼も月雪を千麻から取り上げた犯人なので、大きく出られなかった。

「しかし、そろそろ月雪を解放してやりなさい。いくら学校に行っていないとはいえ、ずっと千麻の下僕は可哀想だ」

「う」

この返事は反省ではなく、まだまだ許さないの「う」だと、天真も月雪も承知している。このかわい子ちゃんは、けっこう粘着だ。

「いいんだも」

「開き直ったね。いいんだもって何が？」

月雪が首を傾げると、千麻は頬っぺたを膨らませた。

「つきゆき、あかちゃんきたら、ベタベタするも。ちま、ほったらかしだも」

この言葉に反応したのは月雪でなく、隣にいた天真だった。

「千麻、月雪に赤ちゃんとは、視えたのか？　類の時のように、視えたんだな」

意気込んでまくし立てる天真に、千麻は難しい顔をした。三歳の子供とは思えない、哲学的ともいえる表情だ。

「う！」

この返事を聞いて、今度は月雪の肩を摑む。

「月雪、本当か」

「わからないよ、そんなの」

「どういうことだ。わからないことがあるか」

「わからないことはあるの。だって、このあいだのヒートが終わってから、まだ三日も経っていないいんだよ。それでわかるのは、マリアさまぐらいだよ。ちゃんと妊娠したかは、せめて一か月以上は経たないと無理です」

非情に言ってのけると、天真は目に見えてがっくりしている。その姿に驚きだ。

(天真は、赤ちゃんが待ち遠しいのかな……)

『ヒートなど、どうでもいい。きみが無事でいてくれれば、それでいいんだ』

そう言っていた彼だったけれど、本心では赤ん坊を心待ちにしてくれているのだ。そう思うと幸せな気持ちになった。

自分も新しい命も、待ち望まれている。

こんな幸福が、ほかにあるだろうか。

「ねぇ、ちま。赤ちゃんが来たら忙しくなるだろうけど、ちまを放ったらかしなんかにするわけないじゃない。ちまは、ぼくの一番なんだから」

この甘ったるい月雪の言葉に、千麻は満面の笑顔になり、天真は肩を竦めるばかりだ。

「月雪ちゃん、ちま、ここにいたのね。新しい仔が来たわよ」

茉莉花が小さな仔猫を抱っこして、部屋に入ってくる。まだ生後一か月も経っていないだろう仔猫は、ぴゅーぴゅーとか細い声を上げていた。

ヒートが来た月雪と天真が結ばれたことを、茉莉花は何より喜んだ。愛する息子と溺愛する月雪が番になったのだと喜び、涙ぐんでいた。

「はい、新入りさん。うちの月雪ちゃんにご挨拶して」

手渡された仔猫はぷるぷる震えながら、大きな瞳で月雪を見つめた。これはきっと、十二年前の自分と同じ瞳だ。

「よろしくね、仔猫ちゃん」

チュッとお鼻にキスすると、いつの間にか部屋に入ってきたリルが尻尾を振った。気位の高い彼女の、歓迎の合図だろう。

迷子の迷子の仔猫ちゃん。

あなたのおうちは、どこですか。

どこからか聞こえてきたメロディに、月雪は優しく微笑んだ。

「あなたのおうちは、ここですよ」

そう囁くと、隣にいた天真が肩を抱いてくれる。

テーブルに飾ってあったウサギのキーホルダーは、いつもと同じようにニコニコ笑って、みんなを見つめていた。

end

あとがき

みんな大好きオメガバース！

今回もお手に取ってくださり、ありがとうございます。


いきなり私事ですが、弓月は本年で作家業が十五年になりました。

自分語り、すみません。一生に一度の十五年目なので、一人でホワホワしています。

その節目になる年に最初に出させていただくのが、大好きなシャレード文庫さま刊「迷子のオメガはどこですか～カプセルトイの小さな月～」です。これは本当に嬉しい。

わかりづらい顔とよく言われますが、ピョンピョン飛び跳ねたい気持ちです。


今回イラストをご担当くださったＣｉｅｌ先生とは以前、他社さまの「はつ戀」という本で、ご一緒させていただきました。その際もすばらしい表紙で、震えた思い出です。

今回も愛に溢れた、美しいイラストを賜りました。

余談ですが。はつ戀って、いつ頃の本だっけと思って、自分リストを確認してみたら、なんと五年前でした。

え、五年？　一昨年ぐらいじゃなくて、五年？

五年っていうたら、小学一年生のちびっ子が、来年は中学生になる年月ですよ。大学生なんか社会人になっている年月ですよ。

――時が経つのが早い。早すぎる。単に私がボケているのか。

なんだか変な気持ちになりました。年を取るって、こういうことなんだなぁ。

Ｃｉｅｌ先生、すばらしい作品をありがとうございました！

担当さま。シャレード文庫編集部の皆さま。いつもお世話をおかけしております。

判で押したように遅れる私ですが、今回もひどかった。

編集さまが送ってくださったデータをスルーして、まだ届かないなーとボケをかまし、編集さまに「お送りしたデータは、ご覧いただきましたか」と確認をさせてしまい、大慌てで着手し、ハラハラの提出。

すみません。本当にすみません。
毎回、編集部さまにはご迷惑の限りを尽くしております。社会人として反省したまえ、と心の中の攻さまが言っています。自分で書いていても、そう思う。
今後とも、よろしくお願いいたします！（絶叫）
営業さま制作さま書店の皆さま。感謝しかありません。皆さまが売りたいと思える作家になるべく、頑張りたいと思います。

読者の皆さま。弓月のオメガは他社さまの本を入れて、四冊目となりました。客観的に見て、まだまだ青いです。早く達人の域に達したい。

オメガの達人。なんかカッコいい。

とにかく、未熟な私にとって読者さまは心の支えです。

もうアカンもう無理、私の本を誰が読むねんと関西弁で自暴自棄になる時、待っていてくださる読者さまと担当さまに、この原稿を読んでもらわずに死ねるかと起き上がり、また書くという繰り返し。無限ループ。

こんな私が、驚きの十五年目。読者さま、出版社さま、皆さまのお陰です。本当にありがとうございました。

最後になりましたが、読者さまと出版社さまと担当さまに幸多かれ！　ついでに私にも、ちみっと幸あれ！　と叫びつつ、結びとさせていただきます。

取ってつけたわけでなく本心で書きました。大雑把な性格ですが、本音しか言いません。たまに本音が過ぎて大やけどを負いますが、それもまた人生……。

それではまた次にお逢いできることを、心から祈りつつ。

弓月あや　拝

弓月あや先生、Ciel 先生へのお便り、
本作品に関するご意見、ご感想などは
〒101 - 8405
東京都千代田区神田三崎町 2 - 18 - 11
二見書房　シャレード文庫
「迷子のオメガはどこですか～カプセルトイの小さな月～」係まで。

本作品は書き下ろしです

CHARADE BUNKO
迷子《まいご》のオメガはどこですか～カプセルトイの小《ちい》さな月《つき》～
2021年 5 月20日　初版発行

【著者】弓月《ゆづき》あや

【発行所】株式会社二見書房
東京都千代田区神田三崎町 2 - 18 - 11
電話　03(3515)2311［営業］
　　　03(3515)2314［編集］
振替　00170 - 4 - 2639
【印刷】株式会社 堀内印刷所
【製本】株式会社 村上製本所

落丁・乱丁本はお取り替えいたします。
定価は、カバーに表示してあります。

ISBN978-4-576-21058-2

https://charade.futami.co.jp/